光文社古典新訳文庫

あなたと原爆　オーウェル評論集

ジョージ・オーウェル

秋元孝文訳

kobunsha classics

光文社

Title : YOU AND THE ATOMIC BOMB
1945
Author : George Orwell

『あなたと原爆　オーウェル評論集』＊目次

Ⅰ
あなたと原爆 10
科学とは何か？ 20
復讐の味は苦い 28
スポーツ精神 38

Ⅱ
絞首刑 48
象を撃つ 60
マラケシュ 76
右であれ左であれ私の国 90

Ⅲ
スペイン内戦回顧 104
ナショナリズム覚え書き 150

イギリスにおける反ユダヤ主義 196

Ⅳ

おいしい一杯の紅茶 220
本対タバコ 226
なぜ書くか？ 236
ある書評家の告白 254
ガンジーについて 262

解説 秋元孝文 281
年譜 296
訳者あとがき 304

あなたと原爆

オーウェル評論集

I

あなたと原爆

このさき五年のうちに我々が一人残らずみな原爆で木《こ》っ端《ぱ》微塵に吹き飛ばされてしまう可能性が極めて高いことを考えるなら、これまでに原爆が引き起こしてきた議論の広がりは、当初の予想よりはるかに小さい。新聞は、陽子や中性子がどうなって爆発を起こすのかという、一般の人間にはさほど役に立たない説明のためにおびただしい数の図表を載せ、「原爆は国際的な管理下に置かれるべきだ」という無益な声明も繰り返されてはきた。しかし奇妙なことに、少なくとも活字では、我々すべての人間にとって喫緊《きっきん》の関心である一つの話題がほとんど議論に上ることがないのである。その話題とはすなわち、「原爆を製造するのはどの程度困難なのか?」という問題である。

この問題について我々——つまりは一般大衆——が知りうる情報は、原爆の製造に関する特定の秘密をソヴィエト社会主義共和国連邦には渡さない、というトルーマン米大統領の決断にまつわる形で、かなり回りくどい言い方でしか伝えられていない。数か月前に原爆がまだ噂にすぎなかった頃、原子分裂はもはや物理学者だけの問題で、彼らがその問題を解決すれば、壊滅的被害をもたらす新しい強力な兵器がほぼ誰でも手に入れられるようになるだろう、と広く信じられていた（噂によれば、今すぐにも、実験室にこもった孤独な狂人が、花火に点火するような容易さで文明をバラバラにして吹き飛ばすことができるかもしれない、ということだった）。

もしこの噂が事実だったなら、歴史の流れ全体が急変していたことだろう。大国と小国の間の区別が消え去り、個人に対して国家が及ぼす権力は著しく弱められたことだろう。しかしながら、トルーマン大統領の発言や、それに対する様々なコメントかられかるのは、この原爆という代物がとてつもなく高価であり、その製造には莫大な産業的努力が必要で、そのために世界でも三つか四つの国しか製造することができない、ということだ。この点は極めて重大である。なぜなら、原爆の発明は、歴史の流れを逆転させるどころか、この十年ほどはっきりしてきた傾向を単に強めるだけだろうからだ。

文明の歴史とは概《おおむ》ね武器の歴史である、というのはよく言われることだ。とりわけ、火薬の発見がブルジョアジーによる封建制度の転覆をもたらしたことは何度も繰り返し指摘されてきた。もちろん、例外を挙げることも可能ではあるが、しかし、一般的に以下の法則は正しいと言えるだろう。すなわち、主要な武器が高価であったり製造が困難なものである時代は専制の時代であり、一方、主要な武器が安価で単純なものであれば、大衆にもチャンスがある。ゆえに、たとえば戦車や戦艦、爆撃機は本来的に専制に資する兵器であり、逆にライフル、マスケット銃、長弓、手榴弾は、その本質からして民主的な武器なのである。複雑な兵器は強者をより強者にし、単純な武器は——それに対する報復がない限りは——弱者に戦う術《すべ》を与える。

民主主義と国家自決の偉大なる時代は、マスケット銃とライフルの時代であった。火打ち石銃が発明されてから雷管が発明されるまでは、マスケット銃はかなり効率の良い武器であると同時に、仕組みが単純なためにおよそいかなる場所でも製造することができた。この特性の組み合わせがアメリカ合衆国の独立やフランス革命の成功を可能にし、大衆による蜂起を、我々が生きている今この時代ではありえないほど重大な事態にしたのである。マスケット銃のあとには後装式[1]のライフルが現れた。これはマスケット銃に比べるといくぶん複雑な武器であったが、それでも多くの国で製造が可能で、さらには安価で、密輸も簡単、使われる弾薬の量も経済的だった。もっとも遅れた国であっても、ライフルであればいつでもどこかしらから入手することができ、そのおかげでボーア人[2]、ブルガール人[3]、エチオピア人、モロッコ人、そしてチベット人さえもが独立のために戦うことができ、時として勝利を収めることまであったのだ。しかしそれ以降となると、戦闘方法の発達はすべて個人よりも国家の側に有利になるようにはたらき、遅れた国よりも工業化した国の味方となってきた。権力の中心はどんどん数が減り、一九三九年にはすでに大規模な戦争を遂行できる国は五つしかなくなり、いまではもう三国となっている——そしておそらく最終的には二国となる。この傾向はこの数年の間明白だったことであり、一九一四年以前でさえ、そのことを指摘する論者は少ないながらも存在した。この流れを逆転しうるものがあると

1 銃砲身の尾部から砲弾と装薬を装塡する方式。
2 十七世紀に南アフリカに移住したオランダ人やフランス人プロテスタント亡命者の子孫。
3 現在のブルガリアの基礎を築いた民族。

するならば、それは兵器の発明――より広く言うなら戦闘方法の発明――それも大規模集中型の工場に頼らない兵器や戦闘方法の発明である。

様々な兆候から判断して、ロシア人たちは原爆製造の秘密をまだ手にしていないと推測できる。その一方で、これから数年のうちには手に入れるであろうというのも一致した見方だ。だから我々の目の前にあるのは、ものの数秒で数百万の人間を消し去ることができる兵器を持った、二、三の怪物のような超大国が、自分たちだけで世界を分け合うという未来予測である。これが意味するところは、より大規模でより凄惨な戦争であり、そしておそらくは機械文明の実質的消滅をもたらすだろうということが、いくぶん性急ながら考えられてきた。しかし、これは実際もっともありえそうな成り行きなのだが、残った大国同士がお互いに対しては原爆を使用しないという無言の取り決めを結んだらどうなるだろう？　この二、三の大国が原爆、そしてそれがもたらす脅威を、報復する力のない者だけに向けるとしたら？　そうなったら我々人類は、かつてあった状態へと戻ってしまうだろう。唯一の違いは、権力が昔よりさらに少数の手に集中して握られ、被支配者や抑圧された階級にとって見通しがさらに希望のないものになるということくらいだ。

ジェームズ・バーナムが『経営者革命』[4]を書いたとき、多くのアメリカ人にとって、ドイツがヨーロッパ側での戦争に勝つというのは十分ありうることに思えたし、そのため、ロシアではなくドイツがユーラシア大陸を支配し、日本が東アジアの支配者にとどまるだろうと予測するのは自然なことだった。結果的にこれは見込み違いだったのだが、議論の大筋に変わりはない。というのも、バーナムの描いた新世界の地勢図が正しかったことが明らかになったからだ。地球の表面が三つの大きな帝国に分割されつつあり、そのひとつひとつが自足して外の世界との接触を絶ち、それぞれが何らかの方法で偽装していようがいまいが、少数による独裁政治で支配されている、という事実が現在どんどん明るみになってきている。お互いの境界をどこに引くかの交渉はいまだ続いていて、まだ数年は続くだろうし、三つの超大国の三番目、すなわち、中国が支配する東アジアは、実在しているというよりはまだ潜在的な可能性にすぎない。しかし全体としての流れは間違えようもなく、昨今の科学的発見すべてがその流

4　資本主義社会では企業というのは出資者／株主が支配者であるが、将来的には経営者によって統治されるようになると主張した。

れを加速してきたのだ。

かつて我々は、飛行機が「国境を無効にした」と教えられたものだ。しかし実際には、飛行機が本格的な兵器になってからというもの、国境は絶対的に越えられないものとなった。かつてラジオは国家間の理解や協力を押し進めると期待されたが、ふたを開けてみると、むしろある国をほかの国から分離する手段になるとわかった。原爆は、搾取されている階級や人々から、反抗するための力すべてを奪い、同時に爆弾の所有者たちを軍事的均衡の状態に置くことで、この過程を完成してしまうかもしれない。お互いを征服することが不可能なため、これらの超大国は自分たちだけで世界を支配し続ける可能性が高く、そのバランスが引っくり返されるとしたら、ゆっくりとした想定外の人口学的変化による以外は、考えにくい。

人類は自分で作った武器で自らを破滅させようとしており、そうなればアリやなにかほかの群生生物が人間に取って代わるだろうという警告を、過去四十年、五十年の間、H・G・ウェルズ[5]氏をはじめとした人々が発し続けてきた。破壊されたドイツの都市を目にしたことがある人なら誰でも、少なくともこの考えが現実となる可能性は高いと思うだろう。それでもやはり、世界を全体として眺めれば、ここ何十年の趨勢《すうせい》は、無政府状態ではなく奴隷制の復活へと向かっている。我々が向かう先にあるのは、全般的な崩壊ではなく、奴隷制のあった古代帝国と同じように恐ろしくも安定した時代なのかもしれない。ジェームズ・バーナムの理論は大いに議論の的となってきたが、そのイデオロギー的含意、つまりは征服不可能であると同時に周辺国とも永遠の「冷戦」[6]状態にある国家において、おそらくは支配的になるだろう世界観、信念、そして社会構造について、よくよく考えてみた者は未《いま》だいないのだ。

原爆が、自転車や目覚まし時計のように安価で製造が容易なものであったなら、我々を野蛮状態へと押し戻らせたかもしれないが、その一方で、国家主権や高度に中央集権化された警察国家にも終焉をもたらしたかもしれない。おそらくはこちらが現実なのだろうが、もし原爆が金のかかる希少な兵器で、戦艦と同じくらい製造が困難なものなら、原爆は、大規模な戦争の時代に終わりをもたらす可能性が高い。その代

5 『タイムマシン』や『透明人間』で知られる英国の作家。
6 第二次世界大戦後の超大国間の戦闘なき対立状態という意味での「冷戦」は、オーウェルのこのエッセイが初出である。

償として我々が手にするのは、いつまでも延長されていく「平和なき平和」の状態なのだが。

（一九四五年）

科学とは何か？

先週の『トリビューン』紙にJ・スチュワート・クック氏の手になる興味深い手紙が載っていて、そこで彼が論じるには、「科学における格差」の危険性を逃れるためには一般民衆の全てのメンバーが可能な限り科学的教育を受けている状態にするのが最良だと言うのである。同時に科学者はその孤立した状態から外に出てきて、政治や行政にもっと積極的に関わるべきである、と。

一般的な話としては大抵の読者はこの意見に賛同することだろうが、クック氏は例によって言葉を明確に定義しておらず、深い考えのないままに、科学とは実験室の環境下でのみ実験できるような精密科学のことを意味しているのだと仄《ほの》めかすばかりである。そのため、経済学や社会学を科学の範疇には含めず、成人教育は「文学的、経済学的、社会学的科目を偏重して、科学的学問を軽視」しがちだ、ということになる。

どうもそういうことらしい。この点は大変問題である。というのも科学という語は現在では少なくとも二つの意味で使われていて、その一方の意味から他方の意味へと都合よく切り替えるという昨今の傾向によって、科学教育をめぐる問題全体が曖昧にされているからである。

科学とは一般的には、(a) 化学、物理学などの精密科学、(b) 観察された事実からの論理的推論を通して立証可能な結論を得るという思考の方法、のどちらかを意味すると思われている。

科学者、あるいは実際、教育のあるたいていの人間に対して、「科学とは何ですか？」と問うならば、上記の (b) に近い答えが返ってくるだろう。ところが日常生活においては、話し言葉でも書き言葉でも人が「科学」というときに指しているものは (a) の方なのである。科学とは実験室で起こる何かを指している。そしてこのことばじたい、グラフや試験管や秤、ブンゼンバーナーや顕微鏡のイメージを呼び起こす。生物学者、天文学者、それにおそらくは心理学者や数学者も「科学者」と呼ばれている。一方このことばを政治家、詩人、ジャーナリスト、ましてや写真家について使おうとする人はどこにもいないだろう。そして、若い人たちは科学的な教育を受けなければならない、と言う方々は、若者たちがもっと正確に思考するよう教育されるべきだと言っているのではなく、ほぼ例外なく、若者はもっと放射線や天体、生理学やみずからの身体についての教育を受けるべきだと言っているのである。

こうした意味の混同は、ある部分意図的であり、そこには大きな危険が潜んでいる。もっと科学的な教育を、と求める声に隠されている考えは、科学的な訓練を受ければ、そういった訓練を受けていない場合よりも、すべての主題に関して、より知性的になるだろう、というものである。ということは、政治的意見、社会学的問題、道徳、哲学、あるいは芸術においてさえ、科学者の意見が一般の市民のものよりも価値があるということになる。言い換えるなら、世界は、科学者が治めた方がより良い場所になるだろう、ということなのだ。しかしここまで見てきたように、「科学者」とは実際には精密科学の一分野の専門家である。だからこういうことになる。化学者、物理学者等々は詩人や法律家等々よりも政治的に、より知的である、と。そして、実際のところ、こう強く信じている人々がすでに数百万の規模で存在している。

しかし、この狭い意味での「科学者」たちは、科学的ではない問題に対して、本当に他の人たちよりも客観的な方法で対処する傾向にあるのだろうか？　実はそう考える根拠はあまり存在しない。簡単なテストをしてみよう。ナショナリズムに反対できるかどうかというテストである。「科学に国境はない」とは、漠然としたままよく使われる表現であるが、実際にはあらゆる国の科学的職務に就く者は、作家や芸術家に比べて、より良心の呵責《かしやく》を感じないまま自国の政府を支持するものだ。ドイツの科学界は概してヒトラーに対してなんの抵抗も示さなかった。ヒトラーはドイツの科学における長期的展望を台無しにしてしまったが、それでも合成石油や、ジェット機、ロケット、そして原爆に至るまで、その開発に必要な研究をする優秀な科学者はたくさんいたのだ。そしてそういった科学者なしにはドイツの戦争体制は決して成立することはなかった。

他方、ナチスが政権を握ったときドイツの文学にはなにが起こったか？　この点に関してすべてを網羅するようなリストは未《いま》だ出版されていないが、ユダヤ人は別として、自主的に国外へ去ったりナチス政権によって迫害された科学者の数は、同様の目に遭った作家やジャーナリストに比べれば遥かに少なかっただろうと想像する。そしてこの事実よりさらに不吉なのは、多くのドイツ人科学者があのとんでもなく怪物的な「人種科学」［優生思想］という思想を鵜呑みにしたという事実だ。ブレイディ教授の『ドイツ・ファシズムの精神と構造』を読めば、科学者たちがその名を連ねた声明を見ることができる。

しかし、形が些《いささ》か異なるだけで、これはドイツに限ったことではなくどこでも同じなのだ。ナイト、準男爵、あるいは貴族の爵位まで授けられる時のこだわりのない様子に見られるように、イギリスでは先端を行く科学者たちの大部分が、資本主義社会の構造を受け入れている。文学ではテニソン[1]以来――マックス・ビアボーム[2]を例外として挙げる人もいるかもしれぬが――読むに値する作家で称号を授けられた者は皆無である。そして単に現状を受け入れるわけではないイギリスの科学者といえば、多くの場合共産主義者であり、ということは彼らが自分の専門分野においてはいかに知的に誠実であったとしても、ある種の問題に関しては無批判で不正直でさえあるということになる。実のところ精密科学の一つや二つの分野で研鑽を積むだけでは、とても高い才能を持っていたとしても、人道にかなった態度や懐疑的な姿勢に必ずしも結びつくわけではないのである。熱狂的にかつ秘密裏に、原子爆弾についてせっせと研究し続けた半ダースもの強国の物理学者たちを見ればこのことは明らかだろう。

では、こういった全てのことは、一般大衆はより科学的な教育を受けるべきではない、ということに帰結するのだろうか？　いや、むしろ逆だ！　ここからわかるのは、もっと物理学を、もっと化学を、もっと生物学をという方向にばかり狭く集中して、文学や歴史を蔑《ないがし》ろにしていくのであれば、大衆への科学的教育はほとんど役に立つことはなく、むしろ害になること大だ、ということだ。そんな教育を受けた平均的な人間は、自分の思考の幅を狭めて、自分が持っていない分野の知識をこれまでよりさらに軽蔑するようになるだろう。そしてそのような人が起こす政治的反応は、いくばくかの歴史的記憶や非常に健全な美意識を持っている字の読めない農民の反応より、おそらくは知的に劣るものとなるだろう。

科学的教育が意味すべきものが、精神の合理的、懐疑的、実験的な習慣を植え付けることなのは明白である。それは方法の獲得――その人が直面するいかなる問題にも適応可能な方法――を意味するのであって、ただ単に多くの事実を積み重ねることを意味するのではない。そういうふうに言葉で表せば、科学的教育を擁護する者はたい

1　アルフレッド・テニソン。ヴィクトリア朝時代の英国の詩人。
2　英国のエッセイスト。一九三九年にナイトの称号を与えられる。

てい賛同してくれるだろう。そしてもうちょっと問い詰めて、もう少し具体的な答えを求めれば、いつだってこういう答えが返ってくる。科学的教育とはより科学に、言い換えるならより事実に注意を払うことを意味するのだと。科学が世界の見方を意味し、単なる知識の集積ではない、という考えは実際には現在強い抵抗に遭っている。その抵抗の理由は単なる職業上の嫉妬心であると私は思う。なぜなら、もし科学というのが単に方法や態度のことで、思考の過程が十分に合理的な人間がみな、ある意味科学者であると表現されるのであれば、今現在、化学者や物理学者その他のいわゆる科学者たちが享受している多大な名声や、自分たちが他の人々よりもいくぶん賢いのだという主張も、どうなってしまうことかわかったものではないではないか。

百年前にチャールズ・キングズリー[3]は科学を指して「実験室で不快な臭《にお》いを発している」と形容した。一年か二年前、とある若い産業化学者が自惚《うぬぼ》れて私に「詩が何の役に立つのかわからない」と語った。これは、振り子が前へ後ろへ揺れているようなものであり、私に言わせればいずれの態度も他方よりいくぶんも優れてはいない。今現在では科学が上り勾配にあるから、大衆は科学的教育を受けるべきだ、という声が聞こえてくるのはきわめて当然のことである。ところが、科学者自身も教育を受ければ何かしら益するところがあるはずだ、という当然あるべき反対の意見は聞こえてこない。この記事を書く前に、とあるアメリカの雑誌で、数多くの英米の物理学者たちが、原子爆弾がどのように使われるであろうかよく知っていたがゆえに、その開発につながる研究を当初から拒んだという記事を目にした。狂人たちの世界の真只中《まっただなか》にもひと握りの正気の人たちがいるのである。そしてその人たちの名前は公表されていないけれども、おそらくはこう推測しても間違いはないだろう。彼らはみなある種の広く文化的な素養を持ち、歴史や文学や芸術に通じていたはずだ。つまりは、彼らの興味は、昨今の使われ方での単なる「科学的」なものではなかったのである。

（一九四五年）

3　英国国教会の聖職者。

復讐の味は苦い

「戦争犯罪裁判」や「戦犯処罰」などといった言葉を新聞等で目にするたびに、今年の初めにドイツ南部の捕虜収容所で目にした光景が思い出される。

私はもう一人の特派員とともに収容所の中を見学させてもらったのだが、このときに案内をしてくれたのが、ウィーン出身の小柄なユダヤ人であった。この男は囚人の尋問を扱っているアメリカ陸軍の一部門に志願して入隊していた。金髪で容姿端麗、抜け目ない感じの二十代半ばくらいの青年で、平均的なアメリカ人将校よりも政治意識が高かったので、一緒にいて楽しい話し相手となった。収容所は飛行場に作られていて、監房を見て回ったあとに、他の戦犯とは別の分類に属する様々な戦犯たちが「選《よ》り分けられている」格納庫へと、案内役の男が連れて行ってくれた。

格納庫の隅のあたりに、十人ばかりの男たちがコンクリートの床に並んで横たわっていた。説明してくれたところによると、彼らはヒトラー親衛隊の将校だった者たちで、それで他の捕虜からは隔離された場所に入れられているのだという。なかに一人、軍服ではなくみすぼらしい一般人の服を着た男がおり、顔の上に腕を乗せて横になっている様子から見て、どうも眠っているようだった。男の足は変な具合にひどく歪んでいた。両方の足の形こそ正確に左右対称なのだが、こん棒で殴られて尋常ではないほど膨れて球体のような形をしており、人間の足というよりは馬の蹄《ひづめ》のようなのだ。捕虜たちの一団に近づいていきながら、小柄なユダヤ人は自分を興奮状態へとどんどん高めていっているようだった。

「あいつはホンモノのブタ野郎だ！」と言うと、男は突然重い軍靴で蹴りかかり、横たわった男の得体のしれない形状となった足の膨らんだ部分に、とんでもなく強烈な蹴りを入れた。

「立ちやがれ、このブタ野郎！」と、小柄なユダヤ人は、捕虜が驚いてビクッと眠りから覚めるなか叫び、同じような意味の言葉を今度はドイツ語で繰り返した。捕虜は慌《あわ》てて立ち上がり、不恰好にも気をつけの姿勢を取った。今度は自分の中の怒りの炎を焚きつけるかのようにして――その感情のあまりの昂《たかぶ》りのため、喋りながら踊っているかのように大きく体を揺らした——ユダヤ人はこの捕虜の犯してきた罪の数々を我々に語った。こいつは「正真正銘の」ナチだ。党員番号を見れば、こいつがナチスの最初期からのメンバーだったってことがわかる。それにこいつはヒトラー親衛隊の政治部門で将軍に相当する高い地位にいたのだ。強制収容所の管理責任を担って、拷問や絞首刑を統括していたのは明らかである。つまりは、この男は我々がこの五年間敵として戦ってきたあらゆるものを一身に体現しているのだ、と。

その合間に私は捕虜の外見をまじまじと観察していた。新たに捕まった捕虜たちによく見られるような、みすぼらしく、栄養不足で髭《ひげ》も伸び放題な様子は同じだが、それとは別に、何か見ていると胸の悪くなるような感じがあった。とはいうものの、狂暴そうに見えるわけではなく、いかなる意味でもこちらを怖がらせるような外見とは違っていた。ただ単に精神がやられているだけで、生気ない感じではあるが知的にさえ見えた。青白く落ち着きなくきょろきょろと動く眼球は、度の強い眼鏡のせいで歪んで見えた。聖職を剝奪された牧師とか、アルコール依存症になって身を滅ぼした役者とか、心霊術師が降霊会で霊媒になっているときのようだと言っても遠くはなかろう。これとよく似た人たちをロンドンの簡易宿泊所や、大英博物館の閲覧室で目にしたことがある。今この瞬間こそ、もう一発蹴りを食らうかもしれないという恐怖心のために、それに注意を払う程度の判断力こそ発揮していたものの、男が精神のバランスを失っているのは明明白白であり、ほぼ正気ではないのだ。とはいうものの、ユダヤ人が話してくれたこの男の経歴は事実であったかもしれない、いや、おそらくは事実だったのだろう！ だから、ナチスの拷問者、もう長年敵として戦ってきた、化け物のようなはずだと想像してきた人間が、どんどん縮んで惨めな、人間なのかどうかも怪しいような見下げ果てたものに変わってしまっていたことになる。その男が必要としているのは明らかに、処罰ではなくなんらかの精神的な治療なのだ。

そのあとにはさらなる辱《はずかし》めが行われた。体のでかい屈強な別の親衛隊将校が、腰まで服を脱いで脇の下に入れ墨で記された血液型番号を見せろと命令された。別の将校は我々の目の前で、なぜ親衛隊のメンバーだったことを嘘で隠してドイツ軍の一般兵士の振りで通そうとしたのか、説明させられた。ユダヤ人の男は、彼が今振るっているこの新たに手に入れた権力を、本当に面白く思っているのだろうか、と私は思案した。そして、大して面白く思ってなどいないのだと結論した。まるで売春宿に行った客のように、あるいははじめてタバコを吸う子どもや、美術館をぶらぶらと当てもなく見て歩く観光客のように、面白く思っているのだと自分自身に言い聞かせ、それができなかった過去に、できるようになったらこうしたいと計画した通りの行動をしているだけで、大して楽しんではいないのだ。

ドイツやオーストリアのユダヤ人がナチスに仕返ししたがるのを非難するのは馬鹿げている。このユダヤ人が晴らしたいと願う恨みがどれほど大きなものなのかは誰にもわからないし、家族全員がナチスに殺されたという可能性も大いにありうる。結局は、捕虜に対する無慈悲なまでの蹴りであっても、ヒトラー政権によって犯された非道に比べるならごくごく小さなものにすぎない。しかしこの現場やドイツで目にした他の多くの現場を通して私が明確に悟ったのは、復讐とか処罰という考え方じたいが、幼稚で現実離れした空想に過ぎないということだ。言葉の意味として正しく言うなら、復讐などというものはありえない。復讐というのは自分が力を持たないときに、自分が力を持たないがゆえに、したいと思う行為のことだ。だから、自分にはしたくてもその力がないのだという感覚がなくなった瞬間、その欲望も消えてなくなってしまうものなのだ。

一九四〇年には、親衛隊の将校が蹴り飛ばされて辱められるのを目に出来ると考えただけで、誰だって飛び上がって喜んだことだろう。しかしいざ実現可能になってしまうと、それはひたすら情けなく気分の悪い行為になってしまう。ムッソリーニの遺体が公衆の面前に晒《さら》されたとき、とある老婆が拳銃を取り出し、遺体に五発の弾丸を撃ち込み、「息子五人の恨み、食らうがいい！」と叫んだという話がある。新聞がよくでっちあげる類《たぐい》の話ではあるが、事実だった可能性もある。そして私が思うのは、数年間、おそらくはずっと夢に見てきたこの五発を撃って、この老女がいったいどれくらいの満足を得たのだろうかということだ。彼女がムッソリーニを撃てるほど近づくためには、ムッソリーニが遺体になっていなければならなかったのだ。

この国の大衆は、現在ドイツに強《し》いられようとしている、とてつもなく厳しい講和条約を支持している責任があるが、そうできるのは、敵を罰したところで満足は得られない、ということをあらかじめ理解していないからである。我々は東プロイセンからのドイツ人追放等の犯罪――この犯罪行為は我々には止めることができないものだったかもしれないが、少なくとも反対くらいはしてもよかったはずだ――を黙認した。その理由はドイツ人がかつて我々に怒りと恐怖をもたらし、それゆえにドイツが弱くなった今、ドイツに温情をかけてやる必要などないと信じて疑わないからである。

ドイツを罰すると決めてやり始めたからには、躊躇することなくやり抜かねばならない、という曖昧な感情を根拠に、我々はそういう方針に固執し、そして自分たちの利益に適《かな》うように他の者たちもそうするにまかせている。実際にはドイツに対する激しい憎悪など、この国にはもはやあまり残っていない。そしておそらく占領軍の中には、さらに憎しみは少ないのではないかと想像する。何かしらの理由をもとに「残虐行為」をせずにはいられないごくわずかなサディストだけが、戦犯や裏切り者をとことん追い詰めて見つけ出すことに強烈な関心を向けているのだ。一般の人にゲーリング[1]やリッベントロップ[2]その他が戦争裁判でどのような罪に問われているのか聞いてみても、きっと答えられはしまい。こういった化け物のような奴らであってもそれを処罰するのは、処罰が可能になった途端に、さほど胸躍ることではなくなる。もっと言うなら、刑務所の鉄格子に入れられて鍵を掛けられた時点で、化け物はもう化け物ではなくなるのだ。

　残念なことだが、人は何か具体的な出来事が起こらないと、自分の本当の感情を発見できないという場合がままある。ドイツで目にして覚えているもう一つの出来事でこういうのがある。シュトゥットガルトがフランス軍に占領された数時間後、私はべルギー人のジャーナリストとともに、まだ混乱の残る当地に取材に入った。ベルギー人ジャーナリストは戦争の間ずっとBBCのヨーロッパ向け放送に関わっていて、ほぼすべてのフランス人やベルギー人同様に、「ドイツ野郎《ボッシュ》」に対してはイギリス人やアメリカ人よりも遥かに厳しい態度をとっていた。街へ入っていく主要な橋はすべて爆破されていて、我々は小さな歩道橋を渡って入らねばならなかったのだが、その歩道橋は明らかにドイツ軍が必死で防御してきた橋であった。その階段の一番下にドイツ兵の遺体が一つ仰向《あおむ》けになって横たわっていた。顔は蠟《ろう》のように黄色い。その胸の上には、誰かが供えたらしく、ライラックの花が手向けてあった。このあたりの至る所に咲いているライラックである。

通り過ぎるときにベルギー人ジャーナリストは死体から顔を背《そむ》けた。歩道橋を渡りかけたとき、男は私に、実は実際に死体を目にするのは初めてなのだと打ち明けた。

1　ドイツの政治家・軍人。ナチスの指導者でゲシュタポを組織。終戦後は死刑判決を受け、服毒自殺。

2　ナチスの政治家。独ソ不可侵条約、日独伊三国同盟を締結。戦後ニュルンベルク軍事裁判で絞首刑。

年のころは三十五くらいだったろうか、そしてこの四年というもの、ずっとラジオで戦争プロパガンダを流し続けてきた男である。この出来事があって数日のうちに、彼の態度は以前とがらりと変わった。爆弾で滅茶苦茶に破壊された街やドイツ人が受けている辱めに対して嫌悪感を露《あら》わにした眼差《まなざ》しを向け、あるときなど特に悪質な略奪の現場に介入して、やめさせようとさえしたのだ。街を去る際には、我々が宿舎として滞在した家のドイツ人に、持参してきたコーヒーの残りをあげていた。一週間前だったらきっと、「ドイツ野郎」にコーヒーをあげるなんて考えただけでも憤慨していたことだろう。だが、彼が言うには、あの橋のたもとで「気の毒な死体」を見てから、彼の感情は変わったのだという。死体を見て突然、戦争の真の実態がわかったのだ。とはいえ、もし我々が別のルートを通って街に入っていたならば、彼は死体を――戦争が産み落とした二千万もの死体のうちのたった一つの死体さえ――目にする経験を、しないままだったのかもしれない。

（一九四五年）

スポーツ精神

サッカーチームのディナモ[1]の短い滞在がもう終わりに近づいたので、このチームがイギリス遠征にやって来る前に思慮深い人々が身近な親しい人にだけ言っていたことを、やっと公《おおやけ》にすることができる。それは、スポーツというのは憎悪の原因であり、このような訪問がイギリスとソヴィエトの関係にもたらす何らかの効果があるとするならば、それは関係を以前より多少なりとも悪化させるばかりだろう、ということだ。

四試合のうち少なくとも二試合で悪感情が引き起こされたという事実は、新聞も隠すことができなかった。アーセナルとの試合では、そこにいた人に聞いたのだが、イギリス人選手とロシア人選手が殴り合いの喧嘩《けんか》になり、群衆は審判にブーイングを飛ばした。また別の誰かが教えてくれたのだが、グラスゴーとの試合では初めから全くの無法状態だったそうだ。それからアーセナルのチーム編成について、このナショナリスティックな時代特有の議論が巻き起こった。すなわち、戦ったチームはロシア人たちが言うように本当にイギリス代表チームだったのか、あるいはイギリス人たちが主張するように単にリーグの一クラブチームだったのか、という議論である。そして、ディナモが日程を打ち切って突然帰国したのは、イギリス代表チームと戦うことを避けるためだったのか？　という疑問である。人々はいつものように、自分自身の政治的な偏《かたよ》りに基づいてこういった問題に答えを出している。しかしみんながみんなそうというわけでもない。私は興味深いことに気づいたのだが、サッカーが引き起こす邪悪な情熱の例として、ロシア贔屓《びいき》の新聞である『ニュースクロニクル』のスポーツ記者でさえ、アンチ・ロシアの方針をとり、アーセナルはイギリス代表チームではなかったと主張した。これに関する議論がこのあと何年も歴史の本の注釈を賑《にぎ》わすことになるのは間違いない。その一方で、今回のディナモの遠征の結果は、いかなるものであれ試合の結果を出してしまったからには、イギリス、ロシアの両国に新たな敵対

1　ソ連のサッカーチーム、ディナモ・モスクワは一九四五年の秋に英国遠征を行い、幾つかの強豪クラブチームと対戦した。

心を生み出すことになるだろう。

しかし他の結果などありえただろうか？　スポーツというのは国と国の間に親善の気持ちを醸成し、世界中の一般市民がサッカーやクリケットの試合で出会うことができたなら、戦場で顔を合わすことなどないだろう、という意見を耳にするといつも不思議に思う。国際的なスポーツ大会が憎悪による馬鹿騒ぎに陥った具体的なケース（一九三六年の［ベルリン］オリンピックがいい例だ）をたとえ知らずとも、そうなりがちであることは一般的原則から推測することが可能ではないか。今日《こんにち》行われているおおよそ全てのスポーツは、競争的なものである。勝つために参加するのであり、勝つための最大限の努力をしないのであれば、試合することにはほとんど意味がない。村の芝生《しばふ》で、地元への忠誠心などまったくなしに両サイドに分かれてサッカーをする場合には、単に娯楽や運動のために楽しむことも可能であろう。しかし、威信の問題が持ちあがり、自分たちが負けた場合に自分のみならず自分の帰属するより大きな集団までもが面目を失うと感じるやいなや、我々の心中に非常に野蛮な戦闘本能が引き起こされてしまうのである。学校対抗のサッカーの試合に出たことのある者なら誰でも理解できるだろう。国際レベルでは、スポーツとは率直に言って擬似戦争だ。しかし重要なのは選手の姿勢ではなく、むしろ観客の態度である。そしてその観客の背後にある、こういったばかばかしい競争で怒りの炎を燃やして、走ったり跳ねたりボールを蹴ることが国家の美徳の証明であると、短期間であっても信じさせてしまう国家の態度こそが問題なのだ。

打者の体すれすれの投球や、一九二一年にイングランドを訪問したオーストラリアチームの荒っぽい戦法をめぐる議論に見られるように、強さよりもむしろ優雅さを必要とするクリケットのようなのんびりとした競技でさえ、多大なる敵対心を引き起こすことがある。サッカーのような、選手みんながケガをして、他国の人にとってはフェアではないと思えるような独自のプレースタイルを全ての国が持っている競技ではさらに悪い。中でも最悪なのはボクシングである。この世で最もおぞましい光景の一つは、白人と有色人種が入りまじった観客の前で行われる白人のボクサーと有色人種のボクサーの試合である。ただし、ボクシングの観客というのは常に不快なものであり、特に女性の観客の振る舞いは酷《ひど》いもので、女性がボクシングを観戦するのを軍が許可しないのもそのためだと私は思っている。少なくとも、国防市民軍と常備軍が二、三年前にボクシングの大会を開いたとき、私はホールの入り口の警備に配置され、女性は中に入れないよう命じられたものだった。

イングランドでもスポーツへの執着は酷いが、競技とナショナリズムがともに最近発達してきた若い国においては、さらに凄《すさ》まじい熱狂が引き起こされる。インドやビルマ［現ミャンマー］といった国では、サッカーの試合をするときに群衆がフィールドに乱入して来ないよう警官による強固な警戒線を張ることが不可欠である。ビルマでは、一方のチームのサポーターたちが警官の間を縫って乱入して、決定的な瞬間に相手方のゴールキーパーを動けなくしてしまったのを見たことがある。十五年ほど前にスペインで行われた初めてのサッカーのビッグマッチは、収拾のつかない大暴動へと発展した。強い対抗意識が引き起こされるや否や、ルールに準じてプレーするという考えはいつだって雲散霧消してしまう。人々は、どちらかのチームが勝利し、もう一方が屈辱にまみれるのが見たいのであり、ルール違反や観客の介入による勝利には意味がないということさえ忘れてしまう。物理的に介入しない場合でも、観客は自分たちのチームに声援を送り、敵のチームにブーイングや嘲《あざけ》りの言葉で揺さぶりをかけることによって、試合に影響を及ぼそうとする。真剣に争われるスポーツとはフェアプレーとは無縁である。むしろ憎悪や嫉妬、全てのルールの軽視、そして暴力を目撃したいというサディスティックな喜びと、切っても切れない関係にある。言うならば、スポーツとは銃撃戦のない戦争だ。

サッカー場での清く健康的な対抗意識や、国民を統一するためにオリンピックが果たす多大な役割について戯言《たわごと》を言うよりも、現代のスポーツ崇拝がどのように、そしてなぜ、起こったのかを問うてみることの方が有益だろう。我々が現在行っているたいていのスポーツは古代に起源を持つのだが、古代ローマ時代と十九世紀の間の期間には、スポーツはあまり真剣には捉えられていなかったようだ。イングランドのパブリック・スクールにおいてでさえ、スポーツ崇拝は十九世紀の終わりになるまで起こらなかった。アーノルド博士は近代パブリック・スクールの創設者だと一般に思われているが、スポーツは単に時間の無駄だと見做《みな》していた。その後、主にイングランドとアメリカ合衆国で、スポーツは、巨大な観衆を集め野蛮な情熱を引き起こすことができる、非常に金をかけた活動へと育てられ、その熱は国から国へと感染するかのように広まっていった。もっとも広範囲に広まったのは、一番暴力的で戦闘的なスポーツ、つまりサッカーとボクシングだった。こういったこと全体がナショナリズム、つまり自分自身をより巨大な権力の単位と同一化して全てを競争的な名声を通して見るという狂気じみた現代的な慣習と、切っても切れない結びつきを持っているという事実には、ほぼ疑いの余地はない。また、組織化された競技は、平均的な人間があまり動かずに暮らしている、あるいは少なくとも閉じ込められた生活をしていて創造的労働のチャンスがあまりない、都市型のコミュニティにおいて、より盛んになりやすい。田舎の共同体では、子どもだとか若者はその余剰のエネルギーを、散歩や水泳、雪合戦、木登り、乗馬、そして釣りや闘鶏、フェレットを使ったネズミ退治などの、動物への残酷さを伴う活動で発散する。都市部では、自分の肉体的な強さがサディスティックな衝動のはけ口を求めるなら、集団行動に身を委《ゆだ》ねるしか方法がない。スポーツの試合はロンドンやニューヨークでは真剣に扱われ、ローマやビザンチウムでも同様である。中世にも競技は行われていて、おそらくは今よりも肉体的な野蛮さを伴ってはいただろうが、政治と混同されたり集団的な憎悪の原因となったりはしなかったはずだ。

現在の世界にある膨大な悪意の蓄積に、もし自分も何かを加えたいと思うのであれば、ユダヤ人対アラブ人、ドイツ人対チェコ人、インド人対イギリス人、ロシア人対ポーランド人、イタリア人対ユーゴスラヴィア人といった一連のサッカーの試合を行って、敵味方の入り混じった十万人の観客の前でそれぞれの試合を開催するのが一番である。もちろん私は、スポーツが国家間の対抗意識の主たる原因の一つだと言いたいわけではない。むしろ、思うに、大規模なスポーツ競技とはそれじたいが、ナショナリズムを生み出してきた原因である何かによって引き起こされる、これまた一つの現象に過ぎないのだから。それでもやはり、国内チャンピオンの肩書きを背負った十一人の選手を、敵のチームと戦うために送り出し、負けた方のチームに「面子《メンツ》を失った」とあらゆる面で感じさせるのは、事態を悪化させこそすれ良くすることはない。

なので、ディナモのイギリス訪問に倣《なら》ってイギリスチームをロシア遠征に送りこむようなことはしないほうがいいだろう。もしどうしてもチームを送らざるをえないなら、確実にロシアチームに負け、イギリス全体を代表しているとは言えないような二流のチームを送るべきだ。深刻なトラブルの要因はすでに十分過ぎるほどあるのだから、頭に血が上った観衆の叫び声の中、若者たちにお互いの向こう脛《ずね》を蹴り飛ばさせて、さらに問題を増やす必要などないではないか。

（一九四五年）

II

絞首刑

ビルマでのこと、雨でびしょ濡れの朝だった。黄色いアルミ箔のような弱々しい光が刑務所の庭の高い壁の上から差し込んでいた。私たちは死刑囚監房の外で待っていた。二重の鉄格子が前面に設《しつら》えられた、まるで小さな動物用の檻のような小屋が並んでいる。ひとつひとつの監房はおよそ三メートル四方の広さで、内側はがらんとしていて、マットレスなしの板ベッドと飲み水の入った瓶の他には何もなかった。いくつかの監房の中では、内側の鉄格子のそばで茶色い肌の物言わぬ男たちが体に毛布を巻きつけてしゃがみこんでいる。この男たちは死刑囚で、一、二週間のうちには絞首刑に処されることになっていた。

一人の囚人が独房から外へと出されていた。ヒンドゥー人で、頭を剃り上げ、ぼんやりと定まらない潤んだ目をした、ちっぽけな男だった。濃い、もじゃもじゃの口髭《くちひげ》は、その小さな体に比して馬鹿げて大きく、まるで映画に出てくる喜劇役者のようだった。背の高い六人の看守たちが男を囲み、絞首台へと連れて行こうとしていた。二人はライフルと、剣を装備した銃を持って立ち、他の者たちは男の手に手錠をかけてそこに通した鎖を自分たちの腰に結びつけ、男の両腕を体の脇に固定した。看守たちは囚人のすぐ近くに群がっていて、その手は常に注意深く撫でるかのように囚人の体を摑《つか》んだり触れたりしており、まるでこの間ずっと、男がそこにいるのを触って確認しているようだった。まだ生きている魚が、身をよじって水へと逃げこまないようにと、押さえているかのようだ。しかし、男の方はというと全くの無抵抗で、両腕はだらりとロープにつながれたままで、何が起こっているのかさえほとんどわかっていない様子である。

八時になり、軍隊ラッパの音が湿った空気の中、遠くの小屋からわびしくかすかに聞こえてきた。私たちから離れたところに一人立ち、不機嫌そうな様子でステッキで砂利《じゃり》をつついていた刑務所長は、その音を耳にして顔を上げた。白くなった歯ブラシのような髭としわがれた声の軍医であった。「頼むから急いでくれよ、フランシス」と彼はイラつきながら言った。「本当ならこの時間にはもう死んでいるはずなんだ。

まだ準備できんのか？」

白い綾織のスーツを身につけ金色の眼鏡をかけた太ったドラヴィダ人[1]である看守長のフランシスは、黒い手をひらつかせた。「ハイ、所長どの。ハイ、所長どの」と慌《あわ》てた様子で答える。「ばんじ準備ばんたんであります。しっこう人も待っております。参りましょう」

「よし、では急いで向かえ。これが終わらんことには囚人たちの朝食もお預けだ」

我々は絞首台へと向かった。二人の看守がライフルを担《にな》え銃《つつ》にした状態で死刑囚の両脇を歩く。他の二人が囚人の体を摑みながら歩く。腕や肩を摑み、まるで押すと同時に支えているかのようである。私たちの残りの者や治安判事やらは後ろからついて行った。突然、一〇ヤードほど行ったところで、何の命令も警告もなしに行進が急に止まった。思わぬことが起こった。一体どこからやってきたものか、犬が一匹現れたのだ。犬は私たちの間を跳ね回って大きな吠え声を上げた。こんなに多くの人間が一緒にいるのを見つけた喜びで興奮し、身体全体を振って私たちの周りを飛び回った。大きなもじゃもじゃの毛の犬で、エアデールとパリア犬の混血だった。犬はちょっと私たちの周りを飛び跳ねたかと思うと、誰も止める間のないうちに死刑囚の方へと突進し、顔を舐めようとして跳び上がった。皆びっくりして呆気《あっけ》にとられ、犬を止めに入ることさえできなかった。

「あのクソ犬を中に入れやがったのは一体誰だ?」刑務所長は怒り心頭で言った。

「誰か、捕まえろ!」

一人の看守が囚人護衛の任務から離れてぎこちなく犬を追うのだが、犬の方は全て遊びの一部と思っているらしく、看守の手の届かないところを駆け回り、跳ね回る。一人の若い欧亜混血の看守が片手いっぱいに砂利石を掴み、それを投げつけて犬を追い払おうとしたが、犬は石つぶてをかわし、また我々の後を付いてきた。そのキャンキャンいう鳴き声が刑務所の壁に反響した。死刑囚はこの二人の看守の様子を無関心そうに眺め、まるでこれもまた絞首刑の儀礼の一部だと思っているかのようだった。数分後にようやく誰かが犬を捕まえた。それから我々は、私のハンカチを犬の首輪に通し、まだ引っ張られてクーンと鳴いている犬を置いて、再度行進を始めた。

絞首台までは四〇ヤードほどだった。私は自分の目の前を歩いている死刑囚のむき

1 南インドとスリランカの東北部に住み、インド人口の三分の一を占める民族。

出しの茶色い背中を見た。男は、膝を決してまっすぐに伸ばさないインド人特有のひょこひょこした足取りで、腕を縛られてぎこちないながらもしっかりとした足取りで歩いていた。一歩ごとにその筋肉はあるべきところに確実に流れ込み、頭に生えた髪の房は上下に揺れ、足は濡れた砂利の上に跡を残した。そして一度など、両肩を看守たちに摑まれているにもかかわらず、道の真ん中にある水たまりを避《よ》けようと、男は足取りを少し横にそらしたのである。

　奇妙なことではあるが、その瞬間まで私は、健康で意識のしっかりした人間の命を奪うということがどういうことなのかわかっていなかった。死刑囚のこの男が水たまりを避けようとするのを見た時、まだ十全に盛りにある生命を人の手によって断ち切るという行為が、言語に絶するほど間違っているということがわかったのだ。この男は死にかけているわけでもない。私たちが生きているのと同じように生きている。内臓も全て動いている。腸は食べ物を消化し、皮膚は再生し爪は伸び、細胞が作られている。愚かしくも荘厳に、少しずつ変化しながら生きているのだ。男が絞首台の上に立った時、その体が中空に投げ出されて事《こと》切れるまでの残された時間が、一秒のその十分の一となった時にも、男の爪はまだ伸び続けているであろう。男の目は黄色い砂利と灰色の壁を見、その脳はまだ思い出し、予感し、判断している。水たまりを避けるべきだということさえ判断したではないか。男と我々はともに歩き、同じ世界を見、聞き、感じ、理解する、同じ人間の集団に属している。それが二分後には、突然パチンとその集団の中の一人が退場する。心が一つ、世界が一つ、なくなる。

絞首台は刑務所の中心部分から離れた小さな敷地にあって、背の高いチクチクする雑草が一面に生い茂っていた。囚人監房の格子のない三つの面と同じようにレンガでできていて、上部には厚板が渡してあり、その上には二本の梁《はり》と横木があってそこからロープがぶら下がっていた。執行人は刑務所の白い制服を着た白髪頭の囚人で、絞首台の横で待っている。我々が入っていくと、奴隷のように卑屈にしゃがんで挨拶をした。死刑囚に前よりさらに近づいて体を押さえていた二人の看守たちは、フランシスからの号令を合図に、男をなかば導くように、なかば押すようにして絞首台に連れて行き、男がぎこちなく梯子《はしご》を登るのを手伝った。それから執行人が登り、死刑囚の首の周りにロープを固定した。

私たちは五ヤードほど離れたところで待っていた。看守たちは絞首台の周りにあいまいな円を描くように立っていた。それから首縄がつけられると死刑囚は彼の信仰する神に向けて叫び出した。高い声で「ラーム！　ラーム！　ラーム！　ラーム！」と繰り返し叫び、それは祈りや助けを求めるような切羽詰まった恐ろしい叫びではなく、むしろ落ち着いてリズミカルで、ほとんど鐘の音のような声だった。その声に犬がクーンと鼻を鳴らして応《こた》えた。まだ絞首台の横に立っていた執行人は、小麦袋のような白い綿の袋を取り出して、死刑囚の頭にかぶせた。それでも男が叫ぶ声は、袋のせいでくぐもってはいたものの、まだ止《や》むことはなく、何度も何度も繰り返された。

「ラーム！　ラーム！　ラーム！　ラーム！」

執行人が台から下に降り、死刑の執行に備えてレバーを握った。数分が経《た》ったように感じられた。死刑囚の口から発せられる落ち着いたくぐもった声はまだ続き、「ラーム！　ラーム！」は一瞬も途切れることはない。頭をうなだれていた所長は、地面をゆっくりとステッキで突っついていた。きっと囚人のあげる声を数えていて、決まった回数までは好きに叫ばせてやろうというつもりなのだろう。おそらくは五十回、いや百回か。みな顔色が変わっていた。インド人たちは悪くなったコーヒーのように灰色になり、銃剣が二、三本揺れていた。私たちは両腕を固定されて顔を隠された処刑台の男を見ていた。そしてその叫び声を聞いていた。ひと叫び、ひと叫びが、彼の生命の残りの数秒なのだ。私たち全員の頭に同じ考えが浮かんでいた。さっさと奴を殺してくれ、さっさと終わらせてくれ、あの忌々しい声を止めてくれ！

突然、所長が心を決めた。頭を持ち上げて、ステッキを手に素早く合図を出した。「チャロ！（さあやれ！）」と所長は、ほとんど獰猛と言っていいくらいの激しさで号令をかけた。

ガチャン、という音がして、それから全くの無音。囚人は姿を消し、ロープは誰も触れていないのにゆっくりと旋回していた。私は犬を放し、犬はすぐさま絞首台の裏へと駆け寄った。しかしそこに着くなり急に止まり、ワンワンと吠えた後に敷地の隅っこへと退却し、雑草に埋もれながら立ちつくしておどおどした様子で私たちの方を見やった。我々は絞首台の裏へとまわり込み、死刑囚の体を検分した。つま先を真下に向けた状態で、ゆーっくりと回転しながら、死んだ男の肉体が石のように吊り下がっていた。

所長は手に持っていたステッキをその死体へと伸ばし、肌を露出した死体を突っついた。それは揺れた。わずかに。「よし、こいつは大丈夫だ」と所長が声をあげた。

所長は絞首台の下から後ろに下がり、深いため息をついた。突然その顔からむっつりとした表情が消えた。腕時計を見て所長は言った。「八時八分過ぎだな。よし、今朝はこれまでだ、やれやれ」

看守たちは銃から銃剣を外し、行進して去って行った。もはや興奮も去り、自分が何かふさわしくない事をしたのだと気づいた犬も、みんなのあとをこっそりとついて行った。我々は絞首台の敷地を出て、死刑を待つ囚人たちを収容した監房を過ぎ、刑務所中央の大きな庭にたどり着いた。棍棒で武装した看守の命令のもと、囚人たちはすでに朝食にありついていた。しゃがんで長い列をなしていて、めいめいが小さな鍋を抱《かか》えており、そこにバケツを持った二人の看守が歩いて回ってご飯をよそってやっている。絞首刑のあととあっては、とても家庭的で気持ちのよい光景だった。今やひと仕事終えたので私たちは大きな安堵感に包まれていた。歌を歌い出したり、急に駆け出したり、クスクス笑いたいような、そんな衝動を感じていた。突然みんなが陽気におしゃべりし始めた。

私の横を歩いていた混血の少年が、今歩いてきた道の方を指して、訳知り顔で頷《うなず》いてみせた。「ご存知ですか、われらの友（どうやら処刑された死刑囚のことを言っているらしかった）ですがね、上告が却下された時に監房の床にお漏らししたそうですよ。怖くなって。どうぞタバコを一本取ってください。私の新しいこの銀のタバコケース、いいと思いませんか？　行商人から買ったんですが、二ルピーと八アンナでした。高級なヨーロッパ風でしょ？」

何人かが声を出して笑った。何を笑ったのか、誰にもはっきりとはわからなかった。

フランシスは饒舌《じょうぜつ》におしゃべりをしながら所長と並んで歩いていた。「さあ、ばんじ全くもんくなしにうまく行きましたよね。ぜんぶおしまい。パチン！　ってあっという間。でもいつもこうというわけではありません。ああ、イヤだ。医者が絞首台の下に入って、囚人が確実に死ぬように足を引っ張らなくてはいけなかったケースを知っています。全くイヤですねえ」

「体をのたくらせて、もがいてたってわけか？　そりゃひどい」と所長は言った。

「ああ、所長さま、囚人が従順じゃない時にはもっとひどいことになるんですよ！　ある囚人は処刑に連れ出そうとしたところ、じぶんのろうやの格子に摑まって離さなかったです。足一本を三人ずつが引っ張って、看守六人がかりでひっぺがしたなんて、信じられないでしょうね。私らはアイツに言ってやりましたよ。『オマエ、頼むよ。

俺たちにどんだけ苦労と迷惑をかけているか考えてもみてくれよ！』って。それでもダメです、聞いちゃくれません。ああ、アイツの時は本当に大変だった！」

私は自分も大きな声で笑っているのに気がついた。みんなが笑っていた。所長でさえ寛大な様子でニヤニヤしていた。「みんな外に出てきて一杯やるがいい」と、とても穏やかに所長は言った。「わしの車にウィスキーがひと瓶ある。それでやろうじゃないか」

我々は刑務所の巨大な二重の門を通り、道の方へと向かった。「足を引っ張らなきゃならんかったとは！」と、ビルマの治安判事がだしぬけに言い、大きな笑い声をあげた。またしてもみんなが声をあげて笑った。その時にはフランシスの逸話がとんでもなく面白く思えたのだ。私たちは、現地人もヨーロッパ人も等しく、みんなで、極めて友好的に酒を酌み交わした。処刑された男の死体から一〇〇ヤードの距離だった。

（一九三一年）

象を撃つ

南ビルマのモールメインの町で、私はかなりの数の人間から憎まれていた。そんなことが自分の身に起こるほど重要な人物だとみなされたのは、生涯でもこの時だけだ。私はこの町の区域警官であったが、当地の反ヨーロッパ人感情は、直接どうこうしたいという目的のないケチなやり方であったとはいえ、非常に強いものであった。反乱を起こそうという気概のある者はいなかったが、ヨーロッパ人の女性が一人で市場を歩こうものなら、十中八九、誰かがドレスにキンマ[1]の汁を吐き掛けた。警官ゆえに私はわかりやすい標的とされ、からかっても大丈夫そうな時にはいつだって馬鹿にされた。サッカー場ですばしっこいビルマ人が私の足を引っ掛けて転ばせ、審判（こちらもビルマ人）があさっての方向を見ていた時、ビルマ人の群衆たちはゾッとするほど大きな笑い声をあげたものだ。しかもこういうことが一度きりではないときている。

ついにはいたるところで顔を合わせる若い男たちのニヤニヤした黄色い顔や、十分離れた場所にいる時に背後から浴びせられる侮辱的な野次に、ひどくイライラさせられるようになっていた。とりわけ、若い仏教僧が最悪であった。町にはそういう僧が何千人といて、これが皆、町角に立ってヨーロッパ人を嘲《あざけ》る以外にすることはない、といった感じなのである。

こういうことは全て、私にとっては困惑の種であり、心外でもあった。というのもその頃の私はすでに帝国主義は邪悪であると心に決め、この職を辞して帝国主義の手先の立場から足を洗うのが早ければ早いほどいいだろう、という気になっていたのだから。もちろん秘密裏にではあったが、理屈の上では私は全面的にビルマ人を支持し、彼らを抑圧する者、すなわちイギリス人には、全面的に反対だったのだ。仕事に関して言うなら、自分でも説明できないくらいにこれを憎んでいた。この手の仕事では帝国の汚いやりくちを間近で目にすることになる。留置所の臭い檻に群がるみじめな囚人たち、長期刑囚のおびえた陰鬱な表情、竹で打たれた傷だらけの尻、そういったも

1　コショウ科の低木。熱帯地方では嚙んで清涼剤にする。唾液が朱赤色になる。

のすべてが耐え難い罪悪感となって私の心に重くのしかかった。しかし、ものごとを客観的に捉えるのは難しい。私はまだ若く、ろくな教育も受けていなかったので、東洋にいるすべてのイギリス人に課されたあの全《まった》き沈黙の中で、自分の問題を一人考え抜くよりほかに手がなかった。大英帝国が死を迎えつつあることさえ知らなかったし、大英帝国に取って代わることになるもっと若い帝国に比べればまだ相当ましだという事実に関してはさらに無知であった。唯一私にわかっていたのは、自分が仕《つか》えている帝国に対する嫌悪感と、なさねばならぬ仕事を妨げようとする心根の邪悪な小さな奴らへの怒りとの間で、自分が身動きも取れなくなっているということだけであった。心の中のある部分では、英国のインド統治《ラージュ》とはこわすことの不可能な圧政であり、平伏《ひれふ》した民族の上に永遠に固定されるものだと考えていた。一方、別の部分では、仏教僧の内臓に銃剣を刺してやれたらこれほど嬉しいことはないだろうとも考えていた。こうした感情は帝国主義のよくある副産物なのだ。インドにいるイギリス人の役人誰にでも、非番の時に聞いてみるがよい。

　ある日のこと、間接的ながらもこのことに気づかされる出来事が起こった。起こったことそのものは小さなことだったが、この事件のおかげで私は、帝国主義の本当の性質がいかなるものであるか、横暴な専制政府の本当の行動原理とはいかなるものであるかが、それまでよりよく見えるようになったのである。町の向こう端の警察署の警部補が、朝まだ早い時間に電話してきて、象が市場をめちゃくちゃにしていると言うのであった。こちらに来てなんとかしてくれないか、と。自分に何ができるものかわからなかったが、どんな様子なのか見てみたいということもあって小馬《ポニー》に乗って出かけて行った。私はライフルと古い四四口径ウィンチェスターを携行した。象を殺すには小さすぎるが、でかい音で脅《おど》かしてやるには十分だと考えたのだ。道中ではあちこちでビルマ人が私を呼び止めては、象がどんなことをしているのか教えてくれた。もちろん野生の象ではなく、人に飼われている象が「さかり《マスト》」を迎えて狂暴になっているのだった。飼われた象が「さかり」を迎えそうな時期にはどこでもそうしているように、この象も鎖で繋《つな》がれていたのだが、前の晩に鎖を引きちぎって逃げ出したのだという。象がこんな状態になったときに唯一コントロールできるのは象使いであったが、この象の象使いは逃げた象を追いかけたものの方向を間違えたため、今は当地から十二時間の場所にいる。そんな折に今朝突然、象が町に再び姿を現した。ビルマ人たちは武器を一切持っていなかったから、象に対してなすすべがなかった。象はすでに誰かの竹製の小屋を破壊し、牛を一頭殺し、果物屋の屋台を襲って売り物の果実をむさぼり食っていた。また、市のゴミ回収車に出くわして、運転手が飛び降りて逃げ去ると、車をひっくり返して暴れた。

ビルマ人の警部補とインド人の巡査たちは、象が現れたあたりで私を待っていた。そこはとても貧しい地域で、ヤシの葉で屋根を葺《ふ》いたむさくるしい竹製の小屋が迷路のごとく入り組んで、急な斜面沿い一帯にぐにゃぐにゃと並んでいるのであった。雨季の始まり、曇り空の蒸し暑い朝だったのを覚えている。私たちは象がどこに消えたのか聞いた。そして毎度のことながら、確実な情報を得ることはできなかった。東洋では決まってこうなる。遠くにいるときにはいつも話は十分に信憑性に満ちているのに、事件の現場に近づいて行けば行くほど、情報が曖昧になっていく。象が向かったのはこっちの方向だと言う者もあれば、あっちの方向だと言う者もあり、また象のことなど聞いてもいないと断言する者までいるのだ。もう象にまつわる一連の話全部が嘘に違いないと結論しかけたときに、すこし離れた場所から叫び声が上がるのが聞こえた。大きな怒ったような声が「子どもはあっちへお行き、ほら、さっさと行くんだよ！」と叫び、手に木の枝を持った老女が小屋の角を曲がってやってきて、裸の子どもたちの群れを、乱暴にシッシッと追い払った。さらに数人の女性がそれに続き、舌打ちをしたりギャアギャア言ったりしている。明らかにそこには、子どもたちが見てはいけない何かがあるのだ。小屋のところを裏に回ってみると泥の中で大の字に潰《つぶ》された死体があった。男はインド人、色の浅黒いドラヴィダ人の苦力《クーリー》でほぼ裸、死んでからあまり時間が経《た》っていないようだった。目撃した者たちが言うには、小屋の角の所から突然象が男の頭上に現れて、鼻を使って捕まえると背中を踏み潰して地面にぺちゃんこにしたのだという。この頃は雨季で地面が柔らかくなっていたため、引きずられた男の顔が深さ一フィート、長さ数ヤードにも及ぶ溝を残していた。男は俯《うつぶ》せで、両手を横に広げて倒れており、頭は片方に大きく捩《ねじ》れていた。顔は泥に覆われて目は大きく見開かれ、歯はむき出しで、耐えがたい苦痛を表していた（それはそうと、死者は安らかな顔をしているものだなんてのは嘘だ。私が目にした死体のほとんどは悪魔のような形相《ぎょうそう》をしていた）。この巨大な獣の足の摩擦のために男の背中はきれいに皮膚が剝《む》けており、まるで毛皮をはがれたウサギのようだった。死体を見るなり私は当番兵を近くの友人宅までやり、象撃ち用のライフルを借りてこさせた。象の匂いに反応してパニックを起こした馬に振り落とされるのはいやなので、すでに馬は帰らせてしまったあとだった。

数分のちに当番兵はライフルとカートリッジを五つ抱《かか》えて戻り、そうこうしているうちにビルマ人が数人やってきて、象はほんの数百ヤード下ったところの離れた水田にいると教えてくれた。私が歩を進めるとその一帯に住む人々全部が家から出てきて、群れをなしてあとをついてきた。彼らは私がライフルを手にしているのを見てしまっていたから、私が象を撃ちに行くのだと知って、興奮して喚声をあげていた。家々を破壊していただけのときには象に関心を向けなかったが、その象がライフルで撃たれるとなると話は別である。これはちょっとしたお楽しみだった。イギリス人だってそこにいたなら楽しみに思っただろう。そのうえビルマ人たちは肉の分け前を期待していた。私はといえばなんだか落ち着かない気分になった。象を撃つ気はないのだ。ライフルを取りに行かせたのは、万が一の場合に自分を守れるようにと思ってのことだったし、それに群衆があとをついてくるというのは、どんな場合であっても落ち着かないものだ。馬鹿みたいに見えただろうし、実際自分でも馬鹿みたいだと感じながら、私は肩にはライフルを担ぎ、背後で押し合いへし合いしながらどんどん膨らんでいく群衆を引き連れて丘を下って行った。掘っ立て小屋の並びを抜けてたどり着いた一番下の場所には石畳の道路があって、その向こうには数千ヤードの広さにわたる泥だらけの水田があった。まだ刈り取られていないが雨季のはじめの雨で水浸《びた》しになっていて、粗い雑草がところどころに生えていた。象は道から八ヤードほどの場所に、体の左側をこちらに向けて佇《たたず》んでいた。群衆が近づいてくるのにはちらりとも気に掛ける様子がなかった。草のかたまりを引きちぎり、膝でかき分けながらむしゃむしゃと口に詰め込んでいた。

私は道路の上ではたと立ち止まった。象を目にした瞬間に完全に確信した。この象を撃ってはいけない、と。労働作業用の象を撃ったとなると深刻な事態になる。巨大で高価な機械を破壊するようなものだ。だから、もしどうにか避けることが可能なら、明らかに撃つべきではない。それにこのくらい離れて平和に草を食べている象は牛以上に危険には見えなかった。象を襲った突然の「さかり」はすでにおさまっていると、その時も思ったし、今思い返してもそう思う。ならば象は、戻ってきた象使いに捕まえられるまで、なんの害もなくただぶらぶらうろつくだけのことだ。そのうえ私には象を撃ちたいという気持ちがちっともなかった。象がまたしても狂暴になることがないのをしばらく見届けて、それから家に帰ろうと、そう決めた。

ところがその瞬間に自分のあとをついてきた人々に目をやってしまった。いまや巨大な群衆と化し、少なくとも二千人はいて、一分ごとにさらに大きくなっていっている。かなり長い距離にわたって道の左右両方をふさぐほどだ。けばけばしい色の服の上に乗っかった黄色い顔また顔の海を見やる。その顔はみな、このちょっとしたお楽しみへの期待と興奮に満ち溢れ、みな象が撃たれることを確信しているのであった。あたかも奇術師が披露《ひろう》する手品を心待ちにするかのように私を見つめている。この人々は私のことを嫌っている。しかしながら手に持ったライフルのおかげで私は一時《いっとき》見るに値する存在になった。そして突然私は悟ったのだ、結局は象を撃たないわけにはいくまい、と。人々がそれを期待しているからにはそうしなければならない。二千人の思いが私を抗いようもなく前へと押しやるのが感じられた。手にライフルを持って一人立っていたまさにそのときであった、東洋における白人支配の虚しさ、意味のなさを、私が初めて理解したのは。そこに私はいて、銃を手にした白人の私が、丸腰の現地の人々の群れを前にして立っている。一見したところ、この場面の主役のようにも見えよう。しかし現実には、背後にいる黄色い顔たちの意志によってあちらこちらへ小突き回される、くだらない操り人形にすぎない。この瞬間に私にはわかった。

白人が暴君となる時、彼が破壊するのは自分自身の自由なのだ、と。そのとき彼は中が空っぽの、ポーズをとるだけの人形になって、因習的人物であるご主人《サーヒブ》さまとなる。なぜなら、「原地民」をおののかせるために自らの人生を費やすというのが「原地民」を支配するための条件であり、そのためにあらゆる重大な場面において彼は「原地民」が期待することをしなければならないのだから。最初は仮面をつけていたはずが、次第に顔のほうが仮面に合うように変化してしまうのだ。私は象を撃たなければならなかった。ライフルを取りに人を遣《つか》わしたときに、すでにそうすることになってしまっていた。ご主人《サーヒブ》さまはご主人《サーヒブ》さまらしく振る舞わねばならない。毅然としていなければならないし、自分の気持ちをよく理解してはっきりした行動をとらなくてはならないのだ。手にライフルを持って、すぐうしろに二千人もの人間をぞろぞろと連れて遥々《はるばる》ここまでやって来ておきながら、何もしないいますごすごと帰っていく。だめだ。そんなことはできやしない。原地民たちは私のことを笑いものにするだろう。しかし私の人生、東洋に住むすべての白人の人生とは、ただただ笑われないがための果てしない努力ではないか。

でも象を撃ちたくはない。草むらを足で踏み分けて行く、象特有の老婆のような、他の一切が目に入らない様子を見つめた。象を殺すのは殺人に匹敵すると思った。この歳だからもう動物の命を奪うことについてそれほど気難しくはなくなっていたが、象を撃ったことはなかったし、撃ちたいと思ったこともなかった（どうしてなのかわからないが、殺す動物が大きければ大きいほど、悪いことをしている気になるものだ）。それに象の持ち主のことも考えなければならなかった。生きている象は少なくとも百ポンドの値打ちがあるが、死んだ象となると象牙の価値くらいしかなく、おそらく五ポンドがいいところだ。だが、私は早急に行動しなければならなかった。我々が到達した時にはすでにそこにいた、暴れる象に対処してきたことが何度もある風情のビルマ人たちに向かって、象はどんな様子かと尋ねた。彼らは一様に同じことを口にした。放っておけば象は人間のことなど気にもかけない、しかし近づきすぎたなら攻撃してくるかもしれない、と。

自分がどうするべきなのか、このうえなく明らかだった。象に近づき、だいたい二五ヤードほどのところまで行く、そして象がどう反応するか試すのだ。襲ってきたなら撃てばよいし、まったく私に反応しないようであれば、象使いが戻って来るまで放っておいても大丈夫だろう。しかし同時に私には自分が決してそうしないであろうこともわかっていた。ライフルの腕は頼りないものだったし、地面はぬかるんだ泥で一歩踏み出すごとに足が沈んでいく。もし象が襲ってきて私が撃ち損ねたら、スチームローラーにつぶされるヒキガエル同然、助かる見込みはない。ところがそんな時でも自分の身の安全については特に頭にはなく、私が気にかけていたのは、背後にいる、私を見張るかのような黄色い顔のことであった。というのもそのときの私は、群衆が自分を見守っている中で、もし一人で象と対峙していたなら感じていたであろう普通の恐怖を感じていなかったのだ。白人は「原地民」の前で決して恐怖を露《あら》わにしてはならない。そしてそう考えるからこそ、白人は概して、実際に恐怖を感じない。そのときの私の頭の中に唯一存在した思いは、もし何かしくじるようなことがあれば、この二千人のビルマ人たちが目にするのは、追いかけ回され、捕まえられ、踏みつけられて、苦痛のあまり笑顔にさえ見える表情となったあの丘の上のインド人と同じような死体と化した私なのだ、ということだった。そしてもしそんな事態になってしまえば、彼らの中には私を笑うものがきっと出てくる。それだけは絶対に許してはならない。となれば選びうるほかの方法はひとつしかなかった。私は弾倉に弾を込め、標的がもっとよく狙えるようにと道に横たわった。

群衆はだんだんと静まりかえり、深く、低く、満ち足りたため息が、あたかも劇場の緞帳《どんちょう》がようやく高く上がったのを目にした観客のため息のように、数えきれないほどの喉から吐き出された。結局彼らはお楽しみのご相伴《しょうばん》にあずかりたいのだ。ライフルは十字の入った照準器のついたドイツ製の美しい代物だった。象を撃つときには左右の耳の穴を結ぶ想像上の線の上をなぞるように撃たねばならないということを、当時の私はまだ知らなかった。象が横を向いていたので、ということは、まっすぐ耳の穴を狙うべきであった。しかしそれを知らない私は、象の脳はもっと前にあると思って、それより数インチ前方に照準を合わせた。

引き金を引いたとき、バンッ、という銃声も聞こえなければ手応《てごた》えも感じなかった。命中したときというのはそういうものなのだ。かわりに耳に聞こえたのは、群衆が喜びのあまりにあげた悪魔のような歓声であった。その瞬間、弾が象まで届いてさえいないのではないかと思った短い一瞬のうちに、象の身に恐ろしい変化が起こっていた。象は身じろぎもせず、倒れることもなかったのに、体の線という線が変わってしまった。まるで弾丸の恐ろしい衝撃が象を撃ち倒すことなしに麻痺させたかのように、象は急に打ち拉《ひし》がれ、縮み、ひどく老いてしまったように見えたのだ。長く感じられた一瞬ののち——おそらくは五秒くらいしかなかったのではないか——象は体から力が抜けてだらんと膝をついた。口からは涎《よだれ》を垂らしていた。あたかも急激な老化に見舞われたかのようだった。まるで千歳にも見えたかもしれない。私は同じ場所をもう一発撃った。二発目の銃弾を受けた象は頽《くずお》れるのではなく、絶望的なまでの緩慢な動きで立ち上がり、弱々しくも四肢をついて直立してみせた。脚は力なくたわみ、頭も持ち上げられずに項垂《うなだ》れたままであった。私は三発目を撃った。それがとどめの一発となった。激しい苦痛が体全体を揺さぶり、残った最後の力をその脚から奪った。しかし倒れながらも象は一瞬立ち上がるかに見えた。後ろ足が体の下で崩れるときに、巨大な岩が倒れるように垂直にそびえ、鼻は樹木のごとくに天空へと向けられたのだった。象は大きなラッパを鳴らすような叫び声をあげた。この日初めての叫び声、そしてたった一回きりの叫び声であった。そして象は倒れた。私の方に腹を向け、私が銃を構えている場所まで震わせるような衝撃とともに。

私は立ち上がった。ビルマ人たちはすでに私を追い越して泥の中を駆けている。象が二度と起き上がらないのは明白だったが、まだ事《こと》切れてはいなかった。ゴロゴロいう長い喘《あえ》ぎ声をあげながらとても規則的に呼吸をしていて、横たわって丘のように盛り上がった大きな腹は、膨らんでは凹《へこ》む動きを痛々しくも繰り返していた。口は大きく開かれていて、薄いピンク色の喉の奥まで見えるほどだった。私は長い間象が死ぬのを待ったが、その呼吸は弱まることがない。とうとう最後に残った二発の銃弾を、心臓があるはずだと思った場所に撃ち込んだ。赤いビロードのように濃い血液が象の体から湧くように流れ出たが、それでも象は死ななかった。弾が当たってもその体はビクッとすることもなく、苦しみの呼吸は途切れることなく続いていた。象は死につつあった。とても緩慢に、大きな苦悶を感じながら。しかしその場所は私から遠く離れたところにあるどこか別の世界で、そこでは弾丸でさえ象をこれ以上傷つけることはできないのであった。私はこの恐ろしい音を止めなければならないと思った。巨大な動物がそこに横たわり、動く力がないのに、それでも死ぬ力もないという状態で存在し、その生命を止めることさえできないというのは恐ろしい光景だった。私はまた使いをやって小さなライフルを取ってこさせ、心臓や喉に弾の雨を降らせた。なんの効果もなさそうだった。苦しみの呼吸は時計の針の音のように規則的に続いた。

とうとう私はその状況に耐えられなくなって逃げだした。あとになって聞いたのだが、象が死ぬまで三十分かかったそうである。私が立ち去る前からビルマ人たちは大型ナイフ《ダー》とかごを持って来ていて、午後になるころには象は肉を切り取られて骨を残すばかりになっていたという。

もちろん、あとになってから、象を撃ったことの是非を巡って果てしない議論が起こった。象の持ち主は激怒したが、所詮はインド人に過ぎないのでどうすることもできなかった。そのうえ、私がしたことは法的には正当な行為だった。狂暴になった象は、狂犬がそうであるように、持ち主がコントロールできない場合には殺されなければならないのだから。ヨーロッパ人の間では意見が分かれた。年配の者たちは私の行為が正しいと言い、比較的若い者たちは苦力《クーリー》を一人殺した程度で象を殺すなんてとんでもなく馬鹿げていると言った。どんなインド人苦力《クーリー》より象一頭の方が価値が高いというのがその理由だった。そしてあとになって私は、あの苦力《クーリー》が象に殺されていてよかったと思った。あの男が死んでくれていたおかげで、象を撃つのに十分な口実となり、私の行為は法的に正当だということになったのだから。私はしばしば思ったものだ。ただただ面目を失いたくないというだけの理由で象を撃ったことに、気づいていた者が誰かいただろうか、と。

（一九三六年）

マラケシュ[1]

死体が通り過ぎたとき、ハエがレストランのテーブルから群れをなして飛び発ち、あとを追ったが、数分後にはまたテーブルへと戻ってきた。

葬送者たちの小さな集団は男と少年だけで女性は一人もおらず、短い祈りのことばを何度も何度も唱えながら、市場《バザール》の中、積み上げられたザクロやタクシーやラクダの間を縫うように進んでいった。ハエにとって魅力的なのは、当地では死体が決して棺に入れられることがなく布切れに包まれるばかりだ、という事情である。死体は粗末な木製の棺架に置かれ、縁者たちが四人がかりで肩に載せて運ぶのだ。埋葬地に到着すると縁者は一フィートから二フィートの深さの長方形の穴を掘り、遺体をどさっと投げ込み、からからに乾いたぼこぼこの土の塊、まるで壊れたレンガの欠片《かけら》のような土の塊をそこに投げ入れていく。墓石もなければ、名前も書かれていないし、識別するための印《しるし》はいかなるものも、ない。埋葬地は表面のでこぼこしたただの広大な荒れ地であり、住宅を建てる予定がおじゃんになって見捨てられた宅地のようであった。一か月か二か月もすれば、親類縁者がどこに埋められているのか、誰一人としてわからなくなる。

このような町——人口は二十万人で、うち少なくとも二万人は身につけている布切れの他には文字通り何一つ所有していない——を歩き、人間というのがいかにして生き、ましてやいかに簡単に死んでしまうかを目にしていると、自分が人間の間を歩いているのだとは信じがたくなってくる。実のところ、すべての植民地帝国はこの事実の上に成り立っている。現地の人々は茶色い顔をしていて、そのうえその数たるや膨大なものなのだ！　そんな人々が本当に自分と同じ人間だと思えるだろうか？　名前さえ持っているとは思えないのではないか？　あるいは彼らは単に、蜂やサンゴ虫程度にしか個体差をもたない、区別の不要な茶色いモノでしかないのではないか？　彼らは土から生まれ、数年の間汗をかき、腹を空かせ、それから埋葬地の名もなき塚に

1　モロッコの都市。一九五六年のモロッコの独立まではフランス領だった。

再び沈んでいき、死んでしまったことには誰一人気づかない。墓地そのものだってすぐにただの地面に還ってゆく。時々散歩に出てヒラウチワサボテンの間を通り抜けるとき、なんだか足の下がでこぼこしているのに気づく。そしてそのでこぼこに一定の規則性があるのを知って、ようやく人間の骨の上を歩いているのだとわかるのだ。

私は共同菜園でガゼルを一頭飼っていた。

ガゼルというのは、まだ生きているうちから食べてもうまそうに見えるほぼ唯一の動物で、実際その尻や後ろ脚を見てミントソースを思い浮かべずにいるのは難しい。私が餌《えさ》をやっていたガゼルは、私の心中にこういう考えがあることに気づいていたようだ。というのも、目の前に差し出すパンは食べるものの、明らかに私のことは好いていなかったからだ。パンに素早く齧《かじ》りついては頭を低くして角を向けて攻撃しようとし、また一片《ひとかけ》齧ったかと思うとまた頭をぶつけてこようとする。たぶんこいつは、私をどこかに追いやってしまえば、パンだけが宙空にぶら下がっていてくれるとでも考えていたのだろう。

そこに近くの道で作業をしていた一人のアラブ人建設労働者が重い鍬《くわ》を下ろして

こっそり近づいてきた。まるでこんな光景は見たこともないと言わんばかりの様子で、静かに驚きを見せ、ガゼルを見てはパンに目をやり、パンに目をやってはガゼルを見た。とうとう恥ずかしそうにフランス語で言った。

「**私が**そのパンをちょっといただきたいくらいです」

いくらかちぎってやると、体に巻いた布の中のどこか秘密の場所に、恭《うやうや》しくそのパンをしまい込んだ。そんな男が、市当局に雇われている人間なのだ。

ユダヤ人居住地区を歩くと、中世のゲットーはおそらくこんな感じだったろうというのがよくわかる。ムーア人支配のもと、ユダヤ人は限られた地域でしか土地の所有が許されず、そういう扱いを数世紀にわたって耐えたあとでは、人口過密を気に病むことをやめてしまっている。多くの通りは幅がせいぜい六フィートもないし、住居にはまったく窓がなく、信じ難い数の爛《ただ》れ目の子どもたちがハエのようにいたるところで鈴なりに群れている。通りの真ん中にはたいてい小便の川が流れている。

市場では、全員が黒く長いローブとスカルキャップ[2]を身につけたユダヤ人の大家族が、洞穴のような外観の、暗くハエのたかった屋台で働いている。有史以前からありそうな旋盤の前であぐらをかいた織工が、稲妻のような速さで椅子の脚を回して削っている。右手に持った弓状の道具で旋盤を回し、左の足先で鑿《のみ》の位置を調整しているのだが、この姿勢で生涯ずっと過ごしてきたおかげで左の脚は歪んでしまっている。男の傍らには六歳くらいの孫がおり、はやくもこの仕事の簡単な部分を受け持って手伝っている。

銅細工屋の前を通り過ぎたとき、私がタバコに火をつけようとしているのに誰かが気づいた。すぐさま周りじゅうの洞穴から興奮したユダヤ人たちが出てきた。多くは白く長い顎鬚《あごひげ》をたくわえた爺さんで、みな口々にタバコをくれと叫ぶのだ。屋台の裏のどこかにいた盲目の男までが噂を聞きつけて這い出してきて、タバコを求めて空中を手で探る。一分くらいでひと箱のタバコがなくなった。この人たちの中に一日十二時間以上働いていない者はいないだろう。それなのに皆が皆、たった一本のタバコを信じられない贅沢品のように考えている。

ユダヤ人たちは自分たちですべてが賄えるコミュニティを作って生活しているので、農業以外はアラブ人と同じ職業に従事している。果物屋、焼き物師、銀細工師、鍛冶屋、肉屋、革細工師、仕立て屋、水売り、乞食、手荷物運搬人。どちらを向いてもユダヤ人ばかりである。実際のところここには一万三千人ものユダヤ人がいて、それが数エーカーの土地に暮らしている。ヒトラーがここにいなくてよかった。でも、もしかしたら、もうじきその影はここにもやって来るのかもしれない。ユダヤ人に関するよくある暗い噂は、アラブ人からだけでなく、もっと貧しいヨーロッパ人からも聞こえてくる。

「そうよ、だんな《モン・ヴィユー》、俺の仕事は取り上げられて、今じゃそれをユダヤ人がやってんだよ。ユダヤ人! いいかい、この国を裏で本当に支配してんのはユダヤ人だよ。金を握ってんだよ。あいつらが支配してるのさ、銀行に金融に、なんでもそうさ」

私はたずねる。「でも実際には平均的なユダヤ人だって、時給一ペニーほどで働いている労働者じゃないのかい?」

「ああ、そう見せかけているだけなんだって! 実際にはあいつらみんな金貸しだ。ユダ公ってのはずる賢いんだよ」

これとまったく同じような仕組みで、数百年前に、気の毒な老女たちが魔術の罪で

2 頭蓋部のみを覆うふちなし帽。ユダヤ人がかぶるキッパ。

火刑に処されたものだ。そんな魔法が本当に使えたなら、まともな食事を摂るのに苦労したりはしなかったはずなのだが。

肉体労働をする人間というのはすべてある意味で人の目に入りにくく、従事している仕事が重要になればなるほど、それだけ目につかなくなるものだ。とはいえ、白い肌というのはいつだってかなり目立つ。北ヨーロッパでは労働者が畑を耕しているのを見かけたなら、おやっ、と思ってもう一度その人に目をやるだろう。ところがジブラルタルより南やスエズより東の暑い国々では、畑を耕している人が目に入らない可能性が高い。そのことに私は何度も何度も気づかされた。熱帯の風景の中で人の目は何でも見て取るが、人間だけは別だ。乾き干上がった大地を目にしたとき、ヒラウチワサボテンにヤシの木、遠くの山ならみとめるが、小さな土地を鍬で耕している農夫はいつだって見逃してしまう。彼の肌の色は地面と同じ色で、他のものに比べて、見てもはるかに面白みに欠けるのだ。

アジアやアフリカの飢えた国が観光リゾートとして受け入れられているのは、これが理由にほかならない。「窮乏地域」へ安く旅行に行こう、などと考える人はどこにもいないはずだ。肌の色が茶色い地域では貧困が単に目に入りにくいのだ。フランス人にとってモロッコは何を意味するだろうか？　オレンジの果樹園か政府関係の仕事だろう。イギリス人なら？　ラクダに城、ヤシの木、外人部隊、真鍮のトレーと盗賊といったところか。この地に住む九割の人々にとって人生の現実とは、蝕《むしば》まれた土地から僅《わず》かの食料をなんとか絞り出すための終わることのない骨折りを意味するのだが、おそらくここでは何年もの間その事実に気づかぬまま生きていくことが可能だ。モロッコの大部分の土地はあまりに荒廃しているので、野ウサギより大きな野生動物は生きていけないほどだ。かつては森で覆われていた広大な地域も、砕いたレンガ同様に土壌が不毛な、木も生えぬ荒れ地に変わってしまった。にもかかわらずその大部分はすさまじい労働によって開墾されている。すべては機械ではなく人力によってなされる。大文字のLを逆さまにしたような、腰を曲げて二つ折りになった女たちの列が、ゆっくりゆっくりと荒れ地を進み、棘の生えた雑草を手で引きちぎり、牛馬の餌用にムラサキウマゴヤシを集める農夫が茎から茎へと、刈り取るのではなく引っこ抜いていく。そうすれば一、二インチほどでも無駄にせずに済むからだ。鍬は惨めな木製の代物で、あまりに貧弱なので肩に載せて軽々と運べるほどで、その下に地表約四インチの深さまでしか掘り起こせない鉄製の傷んだ歯がついている。このひどい鍬がこれをひく動物たちの力とうまく釣り合っているときている。だいたいは牛一頭とロバ一頭をくびきにつないで耕す。ロバ二頭だと力が十分ではないが、かといって牛二頭にしてしまうとエサ代が少しかかりすぎてしまう。農夫たちには馬鍬[3]はなく、ただ単に何回か異なった方向に土を耕すだけで、最後には地面をぞんざいに溝状にし、そのあとには畑全体に鍬を入れて小さな長方形の区画に分けて、水を保つようにする。めったにない大雨のあとの二、三日を除けば、水が十分にあることは決してない。畑の端に沿って水路が三〇から四〇フィートの深さで掘られているのは、下層土の中を流れる僅かな水を取り込むためだ。

　午後になると毎日、かなり年老いた女たちの列が、家の外の道を通っていく。薪《たきぎ》を運んでいるのだ。女たちはみな老齢と強い日差しのために皮膚が萎《しな》びていて、例外なく小さかった。文明化されていない社会では、女はある一定の年齢を超えると子どものサイズまで縮んでしまう、ということがどうも一般論として成り立っているようだ。ある日のこと、身長四フィートもない哀れな老婆が、巨大な薪の積み荷を背負って私の前を通った。私は彼女を呼び止めてその手に五スー硬貨（ファージング硬貨[4]よりすこし高いくらいの価値）を握らせた。彼女が示した反応は甲高いむせび声、ほとんど叫びに近い声で、それは感謝の表れでもあったが、真意としてはむしろ驚きの感情であったろう。老婆の立場からすれば、彼女のことを目に留めたことで私が自然の法を破ったかのように思えたのではないか。彼女は老婆としての役割を受け入れており、それは言わば荷物運び用の動物の役割だ。一家が旅に出たとき、父親と成人した息子がロバに乗り、老婆が荷物を持って歩いてあとをついていくという光景を、この地ではよく目にする。

しかし彼らに関して奇妙なのは、見る者の目に入らないということである。数週間の間、いつもだいたい同じ時間に、老女たちの列は薪を背負って私の家の前をよろよろと歩いていて、私の両眼にはその光景が映っていたのに、私は本当の意味で彼女たちを見てはいなかった。薪が通り過ぎていくな、そう思って見ていた。ある日彼女たちのあとをたまたま歩いていて、上下に揺れる薪の動きがおもしろいなと思って、そ

3 横木の下に歯をつけた農具。馬にひかせて田畑をかきならすのに用いる。
4 四分の一ペニー。

の下にいる人間に注意がいったというだけのことなのだ。そのときに私は初めて気の毒な年老いた土色の肉体に気づいた。革のような皮膚と骨ばかりに痩せ衰え、押し潰《つぶ》されそうな重みの下で二つ折りになった体に。ロバが過剰な荷を背負わされていることに気づいて頭に血が上るまでには、モロッコに到着してから五分とかからなかったはずなのに。当地でロバがこの上なくひどい扱いを受けているのは間違いない。モロッコのロバはセントバーナード犬ほどの大きさしかない。そんな小さなロバが、イギリス陸軍であれば一六〇センチの体高があるラバでも重過ぎだと見做《みな》されるほどの重荷を背負わされ、しかも荷鞍《にぐら》を数週間も外してもらえないこともままあるのだ。だが、とりわけ哀れに思えるのは、ロバが地上で最も人に従順な生き物だということで、ロバというのは犬のように飼い主のあとをついて歩くから頭部につける手綱《たづな》もなにもいらないのである。ロバは献身的に十数年間働いたのちに突然死に、飼い主はその死体を溝の中に捨て、そうすると村の犬たちがやってきてロバの体が冷たくなる頃にはもう腸《はらわた》を食い散らかしているというありさまだ。

この手のことは、血が沸き立つほどに不愉快に感じられるだろう。ところが、一般的に言って、人間が同じようにひどい目に遭っていてもそうは感じない。論評しようというわけではなく、単に事実を指摘しているだけだ。茶色い肌の人間は、ほぼ目に見えないも同然なのだ。荷鞍で背中が擦り剝《む》けたロバを見ると誰だってかわいそうに思うことだろう。だが、大きな薪の荷物の下に年老いた女がいることに気づくだけでも、なんらかの偶然でもない限り、普通はないことなのだ。

コウノトリが北へと飛んでいく中、黒人たちは南へ向かって歩いていた。長く、埃《ほこり》っぽい縦隊、歩兵隊、連結砲兵中隊、そしてさらなる歩兵隊と続き、全部で四千人か五千人もの黒人がブーツのドスンドスンいう音と鉄の車輪のガタガタいう音を響かせて道をうねうねと進んでいく。

彼らはセネガル人で、アフリカ大陸でももっとも色の黒い黒人で、あまりに黒いので首のどこからが髪の生え際なのか、時として判別がつかない。彼らの立派な体軀は古着のカーキ色の制服に隠されて、足は大きな木のブロックみたいに見えるブーツの中に押し込められ、頭に載せられたヘルメットはどれも数サイズ小さすぎるようだった。とても暑い日に、この集団全員が長い距離を行軍してきたのだ。男たちは背負った荷物の重さにまかせて前かがみに身を沈め、妙に感受性の強そうな黒い顔が汗で輝いていた。

彼らが通り過ぎていくとき、振り返った一人のとても若い黒人と目が合った。ところが彼が私に向けた眼差《まなざ》しは、こういうときに受けるだろうと人が想像する類《たぐい》のものではまったくなかった。敵対的でもなければ、人を侮辱して蔑《さげす》むような視線でもないし、不機嫌な様子でもなければ、もの問いたげでさえなかった。恥ずかしそうに照れた、目を大きく開いた黒人特有の、実のところ深い敬意を湛《たた》えた眼差しであった。私にはそれがいかに敬意を持ったものなのかわかった。この気の毒な少年、フランス国民として森から引っ張り出され、床を磨かされて駐屯地で梅毒を感染《うつ》されることになるだろうこの少年は、白い肌の前で心から畏敬の念を感じている。白色人種とは自分たちの主人なのだとずっと教え込まれてきて、今でもそれを正しいと信じ切っている。

しかし、黒人の集団が行進して通り過ぎるのを見るときに、いかなる白人（そしてこの点においては、その白人が社会主義者を名乗ろうがそうではなかろうが、毛ほどの違いもない）であっても頭に浮かべるだろうひとつの考えがある。「あとどれくらいこの人たちを騙し続けることができるのだろう？　あとどれくらいしたら、彼らは手に持った銃を逆の方向に向けるのだろうか？」

奇妙な瞬間だった。まさに奇妙な。そこにいる白人はみな、心の中のどこかにこういう考えをしまいこんでいる。私がそうだった。他の見物人たちもそうだった。汗をかいた軍馬にまたがった将校たちも、列をなして行進している白人の下士官たちもそうだった。それは我々みんなが知っているある種公然の秘密で、みんな賢いからそんなことをあえて口に出したりはしないのだ。黒人だけがそれに気づかずにいる。そしてその長い縦隊を眺めるのは、まさしく牛の群れを見るのに似ていた。一マイルか二マイルも続く武装した男たちが静かに道を流れていくのを見るのは。その間にも白い鳥が彼らの頭上を、彼らが向かうのとは反対の方向へと飛んでいく。白い紙の切れ端のようにきらきらと光り輝きながら。

（一九三九年）

右であれ左であれ私の国

一般的に信じられているのとは違って、過去が現在より事件に満ちていたというわけではない。過去により多くの出来事があった気がもしするならば、それは過去を振り返る時には何年もの時を隔てて起きた複数の出来事が、折り重なって近くにあるように見えるからであり、我々が記憶していることも本当に初めて見聞きした時と同じように蘇ることはほとんどなく、だいたいがすでにどこかで知っていることだからだ。一九一四年から一八年の戦争に[1]、今の戦争にはないような、なにか壮大で叙事詩的なところがあったように思われているのは、主として戦後に出された本や映画、回想録のせいだ。

しかし、戦時中を実際に生きた人が、あとから加えられた知識の縺《もつ》れを解きほぐして本当の記憶を取り出してみるならば、あのころ自分の心を動かした出来事の多くは大事件ではなかったと気づくだろう。たとえば当時の一般の人たちにとって、マルヌ会戦[2]にはのちに付与されたようなメロドラマ的な趣《おもむき》はなかったはずである。実際に起こってから数年経《た》つまでは「マルヌ会戦」という言い方さえ耳にした覚えがない。この事件は単にドイツ軍がパリから二二マイルのところまでやってきたというだけのことで——もちろんベルギーでのドイツ軍の残虐行為のあとでは、それでも十分に恐ろしいことではあったが——そのあとなんらかの理由でドイツ軍は退却して去ってしまったのだ。戦争が始まったとき私は十一歳だった。自分の記憶を正直に腑分けして、事後的に学んだことを除外するなら、大戦中に起こったすべての出来事の中に、戦争より数年前に起こったタイタニック号の沈没ほど私の心を深く突き動かした事件はなかったと認めなければなるまい。戦争に比すなら小さなこの惨事は、世界中に衝撃を与え、その衝撃はいまだに完全に消えてはいない。朝食の席でこの事件の詳細が読み

1　第一次世界大戦。
2　第一次大戦中、ベルギーを突破したドイツ軍をフランス軍が食い止めた戦い。ドイツ軍のフランス席巻計画を挫《くじ》いた分岐点とされる。

上げられたのを覚えているし（新聞を声に出して読むのが当時の一般的な習慣だった）、そこで触れられていた恐ろしい出来事の長い長いリストの中でも、タイタニック号が最後に突然ひっくり返って舳先《へさき》を下に直立するように沈んでいったため、船尾にしがみついていた人たちが空中三〇〇フィートもの高さに持ち上げられ、それから海の底へと投げ込まれた、というニュースにもっとも衝撃を受けたのも覚えている。このニュースを聞いて私は非常に気が沈む感じを腹に受けたが、今でもこの時のことを思い出すとその感触がそのまま感じられるほどだ。一方、戦争中の出来事で、ここまでの衝撃を受けたニュースはひとつもなかった。

開戦に関しては三つの鮮明な記憶が残っている。この三つは取るに足らないことで、戦争とは直接関係がないのだけれど、そのあとに起こったいかなることによっても影響を受けていない記憶である。一つ目は七月の終わり頃に出た「ドイツ皇帝」についてのマンガだ（「カイザー」というあの忌み嫌われた呼称をみんなが使うようになったのは、もう少しあとだったはずだ）。戦争がすぐそこまで迫っていたとはいえ、皇族を笑いものにするということに人々は多少ショックを受けていたようだった（「でも、皇帝はとてもハンサムなのよ、ほんとは！」）。もう一つは、私の小さな田舎町にいるすべての馬を陸軍が徴集したときに、何年も自分のもとで働いてきた馬車の馬を取り上げられた御者が、市場で大泣きしたこと。そしてもう一つはロンドンから到着したばかりの夕刊を求めて我先にと駅に駆けつけて群がった若者たちの様子だ。青豆色の新聞が積み上げられていたこと（当時はまだ緑色の新聞があった）、若者たちの高いカラー、ぴっちりしたズボンや山高帽、そういったものを、その頃すでにフランス国境で勃発していた恐ろしい戦闘の名前よりも、私は遥かによく覚えている。

戦争の中頃の数年間でよく覚えているのは、砲兵のいかり肩とはちきれそうなふくらはぎ、ジャラジャラ鳴る拍車で、私は歩兵隊の制服より砲兵隊の制服の方が好きだった。戦争終盤の記憶となると、もっとも鮮明な記憶を正直に挙げろと言われるならば、こう答えるしかない。マーガリンだ。これは子どもならではのひどい自己中心性の例なのだが、一九一七年には一般市民への戦争の影響はほとんどなくなっていて、唯一残っていたのは胃袋に関することだった。学校の図書室には西部戦線の大きな地図がイーゼルに載せてあり、赤い絹の糸が画鋲をジグザグに結んで這わされていた。ときどき糸が半インチほどこっちやあっちに動き、その動きのたびに死体の山ができていたということになる。私はまったく関心を払わなかった。学校では世間の平均より上の知性を持つ生徒たちの中にいたが、それでも当時の大きな出来事で本当に重要だと私たちに思えたものは一つもなかった。たとえばロシア革命は、たまたま親がロシアで投資をしていたという生徒以外には、まったく印象に残らなかった。戦争が終わるだいぶ前から年少者の間では平和主義的な態度が広まっていた。将校養成団のパレードで、あえてやる気がなさそうにしてみせるとか、戦争に全く関心を示さないといった態度は、知的に進んでいることの印《しるし》だった。戦場での恐ろしい経験で鍛えられて戻って来た若い将校たちは、そんな経験には何の意味もないと言わんばかりの若い世代の態度にうんざりし、軟弱さを非難して説教したものだ。もちろん将校たちには私たちの態度を変えるような理屈をひねり出すことはできなかった。ただ大きな声で、戦争は「正しい行いだ」「きみを強くしてくれる」「体を鍛えてくれる」などとがなり立てるばかりだ。私たちはそれを見てくすくす笑うだけだった。私たちの平和主義は、強い海軍に守られている国特有の、視野の狭い平和主義だった。大戦後の数年間は、軍事的なことについてなんらかの知識や関心をもっていることや、銃のどちら側から弾が出てくるのか知っていることだけでも、「進んでいる」人たちの間ではうさん臭く見られかねなかった。一九一四年から一八年の時代は意味のない殺戮《さつりく》の時代として忘却の彼方へと追いやられ、戦死した者たちにさえ、非難されるなんらかの罪があるかのように扱われた。私はしばしば新兵徴募のポスターを思っては笑ったものだ。「第一次世界大戦でパパはどう戦ったの?」(とポスターでは小さな子どもが父親に聞いて、父親は恥じ入ってバツが悪そうにしている)。そして単純にもこのポスターだけを見て軍隊に入り、あとで子どもに、なぜ良心的兵役拒否者にならなかったのか、と軽蔑されたに違いない多くの人々のことを馬鹿にして笑ったものだ。

しかし最終的には死者たちは復讐を果たすことになる。戦争が過去へと過ぎ去るにつれて、戦時中には「まだ若すぎた」ほかならぬ私たちの世代は、自分たちがしそこなった経験のあまりの大きさに気づくようになる。その経験がないために、自分が一人前の人間としてなにか足りないような気がしてしまうのだ。一九二二年から七年の間、私は自分よりちょっと年上の、戦争を経験した世代の人々の中で多くの時間を過ごした。彼らはいつだって戦争の話をした。もちろん、恐ろしい体験としても話していたが、時が経つにつれて強まってくるノスタルジアもあるようだった。この手のノスタルジアは英国の戦記ものの本を読めばきわめて明確に見て取れよう。加えて、平和主義的な態度はひとつの側面にすぎず、かつては「まだ若すぎた」世代であった私たちも、みな実質的には戦争のための訓練を受けていた。イギリスの中産階級のたいていの人たちは生まれた瞬間からずっと、制度的な面ではそうでなくとも、精神的な面においては戦争のための訓練を受けているも同然なのだ。私がおぼえている一番古い政治スローガンは「（弩級戦艦）八隻よこせ、もう待てぬ《ウィ・ワント・エイト・アンド・ウィ・ウォント・ウェイト》」だった。七歳の時には海軍協会に入っていて、水兵服を着て頭には「英国軍艦インヴィンシブル」と書かれた帽子をかぶっていた。パブリック・スクールでの将校養成団より前にも私立学校の軍事教練隊に属していた。十歳以降には時としてライフルを持った。漠然と戦争に備えてというわけではなく、特定の種類の戦争に備えての行為だった。それは、銃砲が狂ったように凄《すさ》まじい轟音を立てる戦争であり、決まった時間になったら塹壕《ざんごう》から這い上り、砂嚢に指を食い込ませ、泥と鉄条網に阻まれながらマシンガンのつるべ打ちの中、命からがら前進していくような戦争である。自分の年代の人間にとってスペイン内戦が魅力的に映るのは、ひとつには第一次世界大戦に非常によく似ているからだ、という確信が私にはある。戦争中の一時点でフランコは十分な数の飛行機をかき集めて、それでこの戦争は近代戦争のレベルへと高まり、それがターニングポイントとなった。しかしそのほかにおいては第一次世界大戦の質の悪いコピーといった感じで、塹壕、砲兵隊、急襲、狙撃手、泥地、鉄条網、ノミと停滞などが支配する、移動や動きの小ぶりな戦争だった。一九三七年の初期に私が従軍していたアラゴン戦線は一九一五年フランスのあまり戦闘のない地域とよく似ていたに違いない。当時まだなかったのは砲兵隊くらいのものだ。ウェスカの町の内と外のすべての大砲が同時に火を噴くような滅多にない瞬間においても、大砲の数が少なくて、雷の終わりのようなあまりぱっとしない騒音を断続的にあげる程度だった。フランコ軍の六インチ砲の砲弾が炸裂する音はたしかに大きかったが、一度に十二個以上飛んできた例《ためし》はなかった。よく言う「怒り狂ったような」大砲の音を初めて耳にした時には、少なくともどこか落胆の混じった感情を覚えた。二十年間自分の感覚が待ち望んできた、途方もなく大きい間断のない轟音とは似ても似つかなかったのだ。

今の戦争がもうすぐ起きるに違いないと確信したのが何年だったかは、はっきり覚えていない。もちろん、一九三六年よりあとには、よっぽどの馬鹿でないかぎり誰だって、戦争になると確信していた。近づきつつある戦争は私にとっては悪夢であり、私は何度か反戦のスピーチをしたり、パンフレットを執筆したりもした。しかし独ソ不可侵条約の締結が公表される前の晩、私はすでに戦争が始まっている夢を見た。フロイト流の夢解釈でどういう意味を持っていることになるのかは知らないが、私自身の感情の本当の状態を教えてくれるような夢だった。その夢は私に二つのことを伝えてくれた。第一に、長らく恐れてきた戦争であっても、始まってしまえば、私は単純にほっとするのだろうということ、そして第二に、私は心の底では愛国者なので、戦争が始まってしまえば、自国の妨害行為や反対活動などはしないで、戦争を支持し、可能であれば従軍して、みずからも戦うだろうということだった。翌朝起きて階下に降りて新聞を読み、リッベントロップ・ドイツ外相がモスクワへと飛んだことを知った[*1]。

　こうして戦争は間近に迫り、英国政府は、たとえチェンバレン[3]の政府であっても、私の忠誠心を確実に手中にした。この忠誠心は当時も単なる意志表示だけの身振りにすぎなかったし、今でもそうであることは言うまでもない。私が知っている多くの人もそうだったのだが、政府は事務官や兵卒としてでさえ、私に対して職を与えることをきっぱりと拒絶した。しかしそんなことで人の感情は変わらない。だから、遅かれ早かれ政府の側は私たちを使わざるを得なくなるだろう。

　戦争を支持する私の立場とその理由を弁護しなければならないのなら、弁護してみせよう。ヒトラーに対して抵抗するか服従するかは二者択一でしかありえないし、社会主義者の立場から言うなら、抵抗する方が正しい。いずれにせよ、ヒトラーへの服従を支持する主張は、スペインでの共和主義者の抵抗や日帝に対する中国の抵抗などを愚行に貶《おとし》めてしまう。しかし私は、それが私の行動を支える基本的感情だというつもりはない。あの夜見た夢で私が悟ったのは、中産階級が一貫してやってのける愛国的訓練が、私にもちゃんと効いているという事実であり、だから母国イギリスが深刻な窮地に陥ったならば、私には国の足を引っ張るようなことはできない、ということだった。しかし、この意味を誤解しないでいただきたい。母国愛は保守主義とは何の関係もない。母国愛とは、変わりつつあっても同じままだと直感的に感じられる何かに対して強烈な愛着を抱くことである。それはもともとは革命派ではなかったボルシェヴィキがロシアに強烈な愛着を持ち続けるのと似ている。母国愛が日常的な現象

＊1　（原注）一九三九年八月二十一日にリッベントロップはモスクワに招かれ八月二十三日にソ連のモロトフと独ソ不可侵条約に署名した。

3　英国首相。ナチス・ドイツへの宥和政策やスペイン内戦への不介入政策を取った。

だとわからない人にとっては、チェンバレンのイギリスと明日のイギリスとの双方に忠実であるというのはありえないことに思えるかもしれない。革命だけがイギリスを救うことができる。これはこの数年はっきりしてきたことで、今や革命はすでに始まってしまっており、ヒトラーさえ締め出すことができるなら非常に速やかに進んでいくかもしれない。我々が持ちこたえることさえできたなら、二年、いやもしかしたら一年以内に、先見の明のない馬鹿どもを驚かすような社会的変化を目の当《ま》たりにすることになるだろう。あえて言うならば、ロンドンの排水溝は戦いで血に染まるやもしれぬ。よかろう、必要ならば、血は流れるに任せよう。しかし革命市民軍の民兵がリッツホテルを占拠して宿営とする事態になったとしても、自分がはるか昔に愛するよう教えられ、それも革命市民軍とはまったく違う理由で愛するように教えられてきたイギリスというものが、まだ消えずに残っているのを私は感じるだろう。

私は軍国主義に傾いた空気の中で育ち、それから退屈な五年間を軍隊ラッパの音を聞きながら過ごした。今日《こんにち》においても「国王陛下万歳」を聞いているときに直立の姿勢を取らないなら、なにか神聖なものを冒瀆《ぼうとく》しているような気分になってしまう。もちろんそんな感情が子どもじみているというのは承知の上だが、それでもこんな普通の感情さえ理解できないような「知的で進んだ」左翼知識人になるくらいなら、こういう躾《しつけ》のもとに育てられる方がましではないか。革命の瞬間が来た時に尻込みするのは、まさしくこういう、ユニオンジャックを見ても心躍らせたことがないような連中だろう。誰でもいいから、ジョン・コーンフォード[4]が戦死する少し前に書いた詩(「ウェスカの嵐の前に」)とヘンリー・ニューボルト卿[5]が書いた「今宵校庭にかたずを呑むよな静けさが」を比較してみるがよい。書かれた時代の違いのために過ぎない技巧上の差異はあるにしても、二つの詩の感情的な内容はほぼ寸分違《たが》わないということが了解されよう。国際旅団に参加して勇敢に死んだ若きコミュニストのコーンフォードは骨の髄までパブリック・スクール的だった。彼はその忠誠を誓う主義こそ変えたが、国に対する感情は変わらなかった。この事実が示しているのはいったいどういうことだろう?　もったいぶった反動主義者の骨組みからでも社会主義者は作れるということ、ある種の忠誠心が別の忠誠心に形を変える力があること、祖国愛と軍人の美

4　英国の詩人で共産主義者。スペイン内戦で国際旅団に参加して反乱軍と戦い、戦死。
5　英国の詩人。愛国的な詩で第一世界大戦前の英国で人気を博す。

徳を人は精神的に必要としている、ということをただただ表しているのだ。そしてこういうものを、左翼のカンカンに怒ったウサギたちがいかに嫌おうとも、それに代わるものはまだ見つかってはいないのだ。

（一九四〇年）

Ⅲ

スペイン内戦回顧

I

まず思い出されるのは体で感じたものの記憶。耳で聞いた音、鼻をついた臭《にお》い、手で触れた物の感触。

不思議なことだが、スペイン内戦でのちに経験するどんなことよりも、前線に送られる前に受けた、一週間のいわゆる訓練期間のほうが鮮明に記憶に残っている。隙間風の入る厩舎《きゅうしゃ》と石畳の庭のあるバルセロナの巨大な騎兵隊兵舎のこと。顔を洗うポンプの水が氷のように冷たかったこと。ひどく汚らしい食事を一杯のワインでなんとか我慢できるものにしたこと。女の義勇兵がズボンを穿《は》いて薪《まき》を割っていたこと、そして早朝の点呼。マヌエル・ゴンサレス、ペドロ・アギラル、ラモン・フェネリョサ、ロケ・バリャステル、ハイメ・ドメネク、セバスティアン・ビルトロン、ラモン・ヌボ・ボシュといった美しく鳴り響く名前たちの中では、私の無味乾燥なイギリス名は幕間の喜劇のような役回りだった。名前を挙げたのは彼らの顔を全部覚えているからだ。今では立派なファランへ党員[1]に成りおおせているに違いない二人のクズ野郎を除けば、たぶんこの人たちはみな、もう死んでしまっている。二人は確実に亡くなったのを知っている。一番年上で二十五歳くらい、年下が十六歳くらいだったろうか。

戦争に必ずついてまわる経験のひとつは、人間の体に由来するむかつくような悪臭から決して逃れられないということである。便所と言えば戦争について書かれた文章では使い古された主題なので、本当はあまり書きたくないのだが、私がスペイン内戦について持っていた幻想を打ち砕いた一因が、ほかならぬ我々の兵舎の便所であった。ラテン式の便所では座るのではなくしゃがまなければならないので、便所が清潔であってもいやなのだが、これがツルツルとよく滑る光沢のある石でできているため、転ばぬように足を踏ん張るだけで精一杯なのだ。そのうえいつでも詰まっていた。今

1　スペインのファシズム政党で、内戦後はスペイン唯一の政党。

となってはむかつくようなものは他にも多々思い出せるが、そのあと何度も思い起こすことになる次のような考えを、私にはっきりと教え込んだのは、この便所だった。「我々革命軍はこの地で民主主義を守るためファシズムと戦っている。それはただの戦争ではなく、なにかの主義を賭けた戦いだ。とはいえ、我々の生活の現実ときたら、ブルジョア軍はおろか、刑務所での生活にも負けないくらい不潔かつ下劣なのだ」。この考えはのちにも他の様々なことによって強化されていった。たとえば塹壕《ざんごう》生活の退屈さやそこで苛《さいな》まれた獣じみた空腹、ほんの僅《わず》かな食料を巡って起こる卑《さも》しい争い、睡眠不足で疲れ切っているために起こるネチネチした言い合い。

軍隊生活の本質的な悍《おぞ》ましさは（兵隊だったことのある者なら誰でも何のことかわかるだろうが）、どの戦争を戦っているかというその戦争じたいの本質とはまず無関係である。たとえば、規律といえば根本的にはいかなる軍であっても同じである。命令には従わねばならないし、必要があれば罰を用いてそれを強要せねばならない。将校と兵卒の関係は上下関係でなくてはならない。『西部戦線異状なし』[2]のような本に書かれている戦争のようすはだいたいにおいて真実だ。弾丸は人を傷つけ、死体は悪臭を放つ。砲火を浴びた兵士が恐怖のあまり小便を漏らしてズボンを濡らすのもしょっちゅうだ。軍隊の作られた社会的背景がその訓練、戦術、能力全般を特徴づけるというのは正しいし、自分が正しい大義のために戦っているのだという意識は、軍隊より一般市民に与える影響の方が大きいものの、たしかに士気を高める（みなさんは忘れがちだが、前線近くの兵士たちはどこにいようともたいてい、あまりに空腹であるとか、あまりに怯《おび》えている、あまりに寒い、そしてなによりもあまりに疲れているために、その戦争が政治的にどんな問題から起こったのか気にかけている余裕はない）。しかし自然法則は「赤軍」だからといって「白軍」よりお手柔らかにしてくれるわけでもない。自軍側の主義主張が正しくあろうがなかろうが、シラミはどこにいってもシラミだし、爆弾はどこにいっても爆弾だ。

そんな明白な事実をなぜ今さら指摘する必要があるのか？　それは、イギリスやアメリカのインテリの大半が当時明らかにこの事実に気づいていなかったし、今もって気づいていないからである。最近では私たちは近い過去の記憶しか思い出せなくなっているが、ちょっとだけ振り返って『ニュー・マッセズ』[3]とか『デイリー・ワー

2　一九二九年発表のレマルク作の戦争小説。戦争の凄惨さ、理不尽さを活写している。

カー』[4]の古い号を掘り返して、当時左翼たちが撒き散らしていた戦争肯定的な戯言《たわごと》を読んでみてほしい。カビの生えたような使い古された表現ばかり！　その想像力に欠けた冷淡さ！　マドリッドが爆撃されたときのロンドンがいかに冷静だったか！　アーノルド・ラン[5]やジェームズ・ルイス・ガーヴィン[6]、その他のお仲間たちのような、右翼の反動的宣伝屋のことを言っているのではない。こいつらは言うまでもない。戦争の「栄光」や、残虐行為を伝える話、愛国心、はては危険をものともせぬ肉体的勇気に対してさえもこの二十年間軽蔑も露《あら》わに野次を飛ばしてきた連中が、出てくる名前さえ変えれば一九一八年の『デイリー・メール』[7]に載ってもおかしくないような戦争肯定的な記事を書いているのだ。イギリスのインテリが固く信じてきた考えが一つあるとするならば、それは、戦争とはただただ死体と便器であり、何のよい結果も生むことがない、とする暴露版の戦争の見方だ。なんとまあ、一九三三年には、しかるべき状況になったら国のために戦う、という発言を聞こうものなら人に憐れむような冷笑を浴びせていた、まさにそれと同じ人たちが、傷を受けたばかりの兵士が戦地に戻らせろと騒ぎ立てているという『ニュー・マッセズ』の記事は誇張しすぎだという声を聞いて、その発言者をトロツキストで、しかもファシストだ、と公然と非難している。そのうえ左翼のインテリたちは「戦争は地獄」から「戦争は栄光」への変節を、なんの矛盾やためらいも感じぬまま、なんの段階も経ぬままにやってのけた。その後にも奴らの多くは同じように乱暴な変節をやらかすことになる。ある種インテリの核を形成しているかなり多くの人々が、一九三五年には「国王と祖国」宣言に賛同した[8]のに、一九三七年には対ドイツ「強硬策」を叫び、一九四〇年には人民会議を支持し、今や第二戦線を要求しているのだ。

大衆に関する限り、今日《こんにち》起こっているような極端な意見の転回や、水道の蛇口みた

3 『マッセズ』(一九一一〜一七年)の流れを引き継ぎ、一九二六年に創刊された、米国のコミュニスト雑誌。
4 英国共産党の大衆紙で、一九六六年以降は『モーニング・スター』と改名。
5 英国のスキーヤーで著述家。ムッソリーニを支持。
6 英国のジャーナリスト。
7 英国の日刊大衆タブロイド紙。右派寄りで知られる。
8 三三年、オクスフォード大学学生連盟が行った討論会で、国王と祖国のために戦うことはしないという決議を採択し、平和主義の高まりとして注目される。年号の違いはオーウェルの誤りか?

いに簡単に出たり止まったりするような感情は、新聞やラジオによる催眠術のせいである。インテリの場合はどうかと言えば、金と、単に自分は肉体的に危害の及ばない場所にいることが理由だ。その瞬間瞬間で「戦争支持」にも「反戦」にもなるが、どちらの場合も心の中にいかなる現実的な戦争像も描けてはいない。スペイン内戦に奴らが熱狂していたとき、戦場で人が死んでいっていることや殺されるのが不快だということはもちろん連中も知っていたが、しかし共和国政府軍の兵士にとっては戦争経験も幾分不快の念が薄いかのように感じていたはずだ。彼らにとっては便所もさほど臭わず、規律もそこまで不快なものではないかのように。連中がそう信じていた様子は『ニュー・ステーツマン』を読んでみればわかる。今では赤軍についてまったく同じような戯言が書かれている。我々は明白な事実も把握できぬほどに文明化してしまったらしい。というのも真実はとても単純なものなのだから。生き残るためには時として戦わねばならないし、戦うためには己の身を汚さねばならない。戦争は悪である、しかしもっとひどい悪に比べればまだましな場合もある。剣を取るものは剣で滅びる、しかし剣を取らぬものは悪臭を放つような病で滅びる。そんな陳腐なことばさえ明記しなくてはならないという事実が、不労所得資本主義の時代によって私たちがいかに骨抜きにされてしまっているかを物語っていよう。

Ⅱ

前述の内容に関連して、残虐行為に関する補足を加えておく。

スペイン内戦における残虐行為について、私には直接的証拠はほとんどない。共和派によるものもあったし、ファシストによるものはそれよりはるかに多かった（そして今でも続いている）ことは知っている。しかし当時も、そしてそれ以降も今に至るまでずっと私の頭に刻まれているのは、残虐行為があったかなかったかが、ただただその人の政治的偏向のみに基づいて信じ込まれたり否定されたりするということだ。敵が残虐行為をしたとなればみな信じるが、味方の側が残虐行為をしたという話は信じない。証拠など一切吟味しないままにそう結論するのだ。最近私は一九一八年から現在までの期間に起こった残虐行為を表にしてまとめてみた。わかったのは、世界のどこかで残虐行為が行われなかった年などなく、左翼と右翼の双方が一致して残虐行為があったと認めているケースもまずない、ということだった。さらに奇妙なのは、そういう情勢がいつだって突然正反対に転回されうるということで、ただただ政治的な見通しが変わっただけで、昨日までは事実だと徹底的に証明されていたはずの残虐行為が、今日になったら馬鹿げた作り話だったということになりもする。

現下の戦争で我々は、「敵の残虐行為告発キャンペーン」が開戦前から行われ、しかもその大半が、普段は簡単にものごとを信じ込まないことを誇りに思っているはずの左翼によって行われているという、奇妙な事態の只中《ただなか》にいる。その同じ時期に、一九一四〜一八年の戦争の時にはドイツの残虐行為の告発に躍起になっていたはずの右翼は、ナチス・ドイツをじっくり見ても、そこに邪悪なものがあるという見方をきっぱりと否定したのだ。ところがそのあと開戦を迎えると、恐ろしい残虐行為の話を繰り返すのは昨日までの親ナチスで、その一方で反ナチスは突然、ゲシュタポのような組織が本当に存在するのだろうかと疑い始めた。こうなったのは独ソ不可侵条約が締結されたせいだけではない。戦前には左翼はイギリスとドイツが戦争するはずはないという誤った思い込みを持っていたため、反ドイツかつ反イギリスという立場が可能だったことも一因である。また政府による戦争プロパガンダにはうんざりするほどの偽善と自己正当化があるために、ものを考える人々を逆に敵側に共感させてしまうというのも原因だったのだろう。一九一四〜一八年の戦争に関する組織的な嘘の代償には、その後現れた行き過ぎた親ドイツ的態度も含まれよう。一九一八〜三三年には、ドイツにも多少なりとも戦争責任があるのだと仄《ほの》めかそうものなら、左翼の連中にヤジり倒された。この間に耳にしたヴェルサイユ条約を非難する声の中に、「もしドイツが勝っていたらどうなっていたのだろう?」という疑問は一度も聞かれなかったし、議論はおろか人の口に上ることさえなかった。ドイツの残虐行為も同様である。本当のことも敵が口にすれば本当ではなくなってしまう、そう感じられるくらいだ。最近気づいたのだが、一九三七年に日本軍が南京で行った残虐行為についての恐ろしい話をどんなものでもすべて信じ込むような人々が、一九四二年の香港での残虐行為について同じような話を信じない。南京での残虐行為に関しても、今ではイギリス政府がそこに人々の注目を向けているからという理由で、事実ではないのではないか、と見る傾向さえある。

しかし不幸なことではあるが、残虐行為に関する嘘や、プロパガンダに利用されている内容より、残虐行為の真実は遥かにひどいものである。残虐行為というのは起こるもの、というのが現実だ。残虐行為があったことを疑う理由として、同じような恐ろしい話が戦争のたびに出てくるではないか、という声が聞かれるが、このよく聞かれる発言からわかるのは、むしろ残虐行為にまつわる話が事実である可能性が高いということだ。そういう話が広く普及した空想であることは間違いなく、戦争はその空想を実行に移す機会を与えてしまう。また、こういうことを言うのは流行《はや》らなくなってしまったが、いわゆる「白い」人々のほうが「赤い」人々より遥かに多くの、そして遥かにひどい残虐行為をするものだということにはまず疑いがない。たとえば日本軍の中国での行為にはこれが確実に当てはまる。過去十年のヨーロッパにおけるファシストの暴虐の長い物語についてもほぼ疑いようがない。証言の量は莫大で、そのかなりの部分がドイツ自身の出版物やラジオによるものだ。これらの事件は実際に起こったのであり、その事実には十分に気を配っておくべきだ。起こったと言うのがたとえハリファックス卿《きょう》だとしても起こったことは起こったのだ。中国の都市でのレイプや虐殺、ゲシュタポの地下室での拷問、年老いたユダヤ人の教授陣が汚物溜めに投げ入れられたこと、スペインの道路沿いでの難民たちに対するマシンガンでの一掃射撃、これらはみな現実に起こったことであり、『デイリー・テレグラフ』が五年も経《た》ってから突然発見して報じ始めたからといって、起こったという事実が薄まるものではない。

Ⅲ

二つの記憶。一つ目は特に何かを証明しているわけではない。二つ目は革命期の空気について、ある種の洞察を与えてくれるのではないかと思う。

ある日の朝早く、私はもう一人の兵士とウェスカ外部の塹壕へとファシスト狙撃の任を受けて向かった。敵の前線と我々の前線は三〇〇ヤード離れており、それだけ距離があれば我々の古いライフルでは正確に射撃するのは無理な相談だったのだが、ファシストの塹壕から一〇〇ヤードくらいの位置まで忍び寄ることができれば、運次第では胸壁の隙間から撃って当てられるかもしれなかった。ついていないことにそこまでの土地は一面平らなビート畑で、何本か溝が走っている以外には遮蔽物《しゃへいぶつ》となるものが何もなく、そのため我々はまだ暗いうちに接近し、夜が明けてすぐ、明るくなり

9 英国の政治家。ヒトラーを評価し親独的態度を取った。

過ぎないうちに戻って来なければならなかった。ところがこのときはファシストが姿を見せることもなく、長々と待っているうちに夜明けにつかまってしまった。私ともう一人の兵士は溝の中に身を隠していたが、我々の背後、自陣までは、二〇〇ヤードの平らな土地が広がっており、ウサギ一羽さえ隠れる場所がなかった。危険を冒してでも急いで逃げ帰ろうかと勇気を振り絞ろうとしている時に、ファシスト側の塹壕で声が上がり、笛の音が響いた。味方の飛行機が上空をこちらに向かって飛んできたのだ。その瞬間である、おそらくは上官に報告に行こうとでも思ったのだろう、兵士が一人塹壕から飛び出して胸壁の上を全身丸見えの状態で走り出した。服もまだ半分着かけの状態で、走りながらズボンがずり落ちないよう両方の手で押さえていた。私はこの男を撃てたのに、撃たなかった。射撃が上手《うま》くないから、一〇〇ヤードの距離から撃っても当てられなかったかもしれない。それも事実だし、ファシストたちが我が軍の飛行機に注意を引きつけられている間になんとか自軍の塹壕へ戻ろうという考えに頭がいっていたのも確かだ。でも、このズボンを巡る事情もまた、私が撃たなかった理由の一つなのだ。私はそこに「ファシスト」を撃ちに来ていた。でも、ずり落ちるズボンを押さえた男は「ファシスト」ではない。彼は明らかに自分と同じ人間であり、自分に似ていて、だからそういう存在を撃とうという気にはなれないものなのだ。

この出来事が示しているのはいかなることだろうか？　別に何も重大なことは示していない。というのも、こんなことはいつの時代でもどこの戦争でも起こっているのだから。しかしもうひとつの話は別だ。この話を書いたからといって読者諸氏を感動させられるとは思わないが、ある特定の時代にあった精神的な空気を雄弁に語る出来事として、私自身にとっては感動的だ、ということは信じていただければ嬉しい。

私が兵舎にいた時に我が軍に加入してきた新兵の中に、バルセロナの貧しい裏街出身の乱暴そうな外見の若者がいた。服はぼろぼろで足は裸足だった。肌の色がとても浅黒く（おそらくアラブ系の血が入っていたのだろう）、普通ヨーロッパ人はしない身振りをした。特に腕を伸ばして手のひらを垂直にする身振りはインド人特有のものだった。ある日のこと、当時まだ二束三文で買うことのできた葉巻が一束、私の寝台から盗まれた。まったく愚かなことに私はそれを上官に報告してしまい、すると先にも触れた二人のクズ野郎のうちの一人が早速出てきて、自分の寝台からも二十五ペセタ[10]盗

10　現在の換算で二十円ほど。

まれたと嘘の報告をおっかぶせた。どうしたわけか上官は即座にこの茶色い顔の若者が泥棒であると決めつけた。義勇軍では窃盗は厳しく処罰されており、規則上では処刑される可能性もあった。哀れな若者は、詰め所に連れて行かれて身体検査を受け入れた。その様子を見ていた私がもっとも驚いたのは、この若者が身の潔白を主張しようとさえしなかったことだ。その敗北主義的な態度には、彼がどんなに絶望的な貧しさのなかで育ってきたかが見て取れた。上官は若者に服を脱ぐよう命じた。見ている私にさえおぞましく感じられるほど遜《へりくだ》った態度で、若者は服を脱ぎ、その服が調べられた。当然葉巻もなければ金も見つからなかった。犯人ではなかったのだ。もっと痛ましかったのは無実が確定した後となっても彼が変わらず恥じ入っている様子だったことである。その夜私はこの若者を映画に連れて行って、ブランデーとチョコレートを買ってやった。しかしこれもまたひどい行為だった。人に与えてしまった侮辱を金の力で帳消しにしようとしたのだから。あの何分かの間、私は彼が盗んだのだと半ば信じかけていたのであり、その事実は消そうとしても消しようがなかった。

ところで数週間のちに前線にいた時のこと、私と私の小隊に属す一人の部下との間で騒動が持ち上がった。この頃には私は「カボ」、つまりは伍長になっていて、十二人の小隊を率いていた。戦況には動きがなく、えらく寒く、私の主な任務は、歩哨が眠らずに持ち場につくようにしておくことだった。ある日一人の部下が持ち場につくことを拒否した。その場所は（彼の言っていることはまさしく事実なのだが）敵の砲火に晒《さら》される場所だと言うのだった。弱々しい奴だったので、私はその体を引っ摑《つか》んで持ち場へと引っ張って行った。この行為が私に対する他の部下たちの反感を引き起こした。思うにスペイン人はイギリス人より、身体的接触に怒りを感じやすい気がする。あっという間に私の周りをとり囲んだ兵士たちが叫ぶ。「ファシスト！　ファシスト！　そいつを放せ！　ここはブルジョア軍じゃないんだ！　ファシストめ！」などなど。命令には従わねばならぬ、と下手くそなスペイン語でできる限り叫び返してみたところ、議論はより大きな話になっていった。革命軍ではこういう議論によって少しずつ秩序がバランスを得ていくものなのだ。私が正しいと言う者もいれば、間違っていると言う者もいた。しかし重要なのは、そこにいたすべての兵士たちの中でもっとも私を支持してくれたのがあの茶色い顔の若者だったということだ。何が起こっているのかわかった途端に彼は議論の輪の中に飛び込み、激烈に私のことを弁護し始めた。あの奇妙で、野蛮な、インド人のような身振りをしながら「今までこんないい伍長はいなかったじゃないか！」（No hay cabo como el!）と叫んだのだ。あとから彼は私の小隊への転属許可を申し出た。

この出来事がどうして私の胸を震わすのだろう？　その理由は、普通の状況ならいかなるときであっても、この若者と私との間に友好関係を復活させるのは不可能だったに違いないからだ。口には出さずとも盗みの嫌疑をかけてしまったからには、関係がマシになることはなかっただろうし、償いをしようとした私の行為によって、もしかしたらいくぶんひどくなった可能性だってある。安全で文明化した生活によって私たちはあまりに敏感になりすぎて、あらゆる直接的で素直な感情を何か不愉快なものと感じてしまうようになってしまった。寛容さは意地悪と同じくらい痛ましく、感謝は恩知らずと同じくらい忌々しくなってしまった。しかし、一九三六年のスペインは普通の時代ではなかった。それは寛大な感情と行為を普段より簡単に表明できた時代だった。同じような出来事を、まだまだ挙げることもできる。それは、言葉で伝えるのは簡単ではないが、当時の特別な空気感とともに私の心にしっかりと結びつけられている。貧相な服装と派手な色合いの革命ポスター、誰もが「同志」ということばを使っていたこと、ぺらぺらの紙に印刷され一ペニーで売られていた反ファシストの歌、無知な人々でも何か意味があると信じて哀れなほど繰り返し口にした「国際的プロレタリアの団結」ということば。何かを盗んだという咎《とが》で不名誉にも当人の目の前で体を検査されたというのに、そのあとでその相手に友情を感じ、揉め事になった時にそいつの弁護をして加勢するなんてことができるだろうか？　いや、できやしない。でも、二人の人間が、心が広くなるような経験を共有したならば、できるかもしれない。それこそが革命の副産物の一つだった。もっともこの場合は、革命はまだ端緒にすぎず、明らかに失敗に終わる運命であったのだが。

Ⅳ

スペイン共和派の各組織間の権力闘争は、不幸な昔日の出来事であり、今となっては思い出したいとは思わない。なのにそれを話題に持ち出すのは、ひとえに次のことを言いたいからだ。政府側から発信された内政に関する情報は一切、あるいはごく僅かな情報を除いて、信用してはいけない。その情報源がなんであれ、すべて自分の組織のためのプロパガンダであり、つまりは嘘であるから。内戦の大まかな真実はごく単純に説明できる。スペインのブルジョア階級が労働運動を粉砕する好機と捉え、ナチスその他世界中の反動勢力の助けを借りて実行に移したのだ。それ以上のことは、今後も明確に証明されることはないだろう。

私はアーサー・ケストラー[11]にかつてこう言ったことを覚えている。「歴史は一九三六年で止まってしまったね」と。ケストラーはすぐに理解して頷《うなず》いた。私たちは二人とも全体主義全般のことを考えていたが、より具体的にはスペイン内戦を頭に浮かべていた。人生の初期から私は、どんな出来事も新聞で正確に報道された例《ためし》はないと気づいていたが、事実とは全く関係のないことが報道されたり、普通の嘘に含まれる程度の事実さえ含んでいないような嘘が報道されるのを見たのは、スペインが初めてであった。戦闘などなかったはずの場所で大激戦があったと報じられたかと思えば、数百人の死者が出ても何も報道されない、といった具合だ。勇敢に戦った部隊が卑怯者だとか裏切り者だと非難されたり、一発の銃弾さえ目にしなかったような部隊が架空の大勝利の英雄として称《たた》えられる。次にはロンドンの新聞社がこのような嘘を受け売りして広め、頭の熱くなったインテリたちは実際には起こらなかった出来事に基づいて、感情に流された理論を組み立てるのである。私が目にしたのは、実際に起こったことではなく、各組織の様々な「政策路線」に照らして、起こるべきだったことをもとにして、歴史が書かれていく様《さま》である。しかしこれはみな恐ろしいことではあったが、ある意味さほど重要ではなかった。二次的な問題、つまりはコミンテルンとスペインの左翼諸組織の権力闘争や、スペインでの革命を阻止せんとするソヴィエト政府の努力に関わっていたに過ぎなかったからである。しかしスペイン政府が世界に示した戦争の大まかな見取り図は虚偽ではなかった。戦争の主要な論点は彼らの言うとおりだった。しかしファシストとその支持者は、それに近いくらいの事実を提示することさえできなかったのではないか？　彼らがどうにかして自分たちの本当の目的を公言するなんてことが可能だったろうか？　彼らが考える戦争とは、完全な空想だったし、当時の状況にあっては空想でしかありようがなかった。ナチスやファシストが取りえた唯一のプロパガンダ戦略は、自分たちはソヴィエトの独裁からスペインを守るキリスト教的愛国者なのだと主張することだった。そこに

11　ハンガリー生まれ、ユダヤ人のジャーナリスト・小説家。スペイン内戦ではフランコ反乱軍の支配地域で潜入報道を試みた。

は政府下のスペインでの生活が長期間にわたる虐殺のようだという振りをすることも含まれていたし（『カトリック・ヘラルド』や『デイリー・メール』を参照のこと。それでも大陸のファシスト新聞に比べれば子どもの遊びである）、ソヴィエトの介入の規模を計り知れぬほど誇張することもあった。世界中のカトリック系や反動的な新聞が構築した巨大な嘘の山から一点だけ取り上げてみよう。スペインにソヴィエト軍がいたという説である。熱心なフランコ支持者はみなこの説を信じ、その推測された兵力の規模は五十万人にも及んだ。ところが、スペインにソヴィエト軍はいなかった。一摑みほどの航空兵やその他の技術者はいたかもしれないが、せいぜい数百人がいいところである。ましてや軍隊などいなかった。数百万人のスペイン国民は言うまでもなく、スペインで戦った数千人がこの事実の証人である。もっとも、彼らの証言はフランコ派のプロパガンダ屋には何の印象も与えなかった。プロパガンダ屋たちは政府下のスペインに一歩たりとも足を踏み入れなかったのだから当然だ。こういう奴らはドイツやイタリアの介入の事実をも徹底して認めなかった。時を同じくしてドイツやイタリアの新聞が彼らの「外人部隊」たちの手柄を公《おおやけ》に自慢していたにもかかわらずである。私がここで言及するのはこの一点のみだが、この戦争におけるファシストのプロパガンダ全体がこの程度のレベルであった。

この類《たぐい》のことに私は慄然《りつぜん》とする。客観的事実という概念じたいが世界から消え失せていっているような気がするからだ。こういった嘘や、多かれ少なかれこれと似たような嘘が、歴史に紛れ込んでしまう可能性は高い。スペイン内戦の歴史はいかにして書かれることになるのだろうか？　フランコが権力の地位に留《とど》まるなら、彼に任命された者たちが歴史の本を書き（私が出した例で説明するなら）、存在しなかったソヴィエト軍がいた、という方が歴史的事実になってしまうし、それをこれから先の子どもたちは何世代にもわたって学校で歴史として学ぶことになる。あるいは逆に、ファシズムが最後には打倒されて何らかの民主的政府が近い将来に取り戻されるとしよう。そんな場合は、戦争の歴史はいかにして書き直されるのか？　その時までにフランコはいかなる歴史的記録を残しておくだろう。政府側の記録が回復されうると仮定したとしても、戦争の本当の歴史は書かれるのだろうか？　というのも、私がすでに指摘したように、政府側もまた手広く嘘に手を染めてきたのである。反ファシストの立場からなら、広い意味で正しい戦争の歴史は書けるかもしれないが、それは大義を同じくする組織の視点からの歴史であって、細かな点においては全く信頼に足りないものとなろう。それでも、結局はなんらかの形の歴史が書かれるだろうし、経験として戦争を記憶している人たちが死んでしまえば、そういう歴史が普遍的に正しいものとして受け入れられることになる。だから実際的な目的の上では、その時には嘘が真実になってしまっているに違いない。

記録された歴史の大半が多かれ少なかれ嘘である、という言い方が最近の流行であることは私も知っている。歴史の多くの部分が不正確で偏《かたよ》っているという意見も特に間違っているとは思わない。しかし私たちが生きているこの時代に特有なのは、歴史が正しく書かれうるのだ、という考えじたいの放棄である。過去においても人々は、意図的に嘘をついたり、自分が書いたものを無意識に脚色したり、多くの間違いを犯すであろうことをよくわかったうえで真実を追求したりした。しかし、その場合でも、「事実」がどこかに存在し、おおよそ発見しうるものだとは信じていたはずだ。そして実際にいつでも、ほとんど全ての人が同意できる、かなりの量の事実が存在していた。たとえば先の大戦について『ブリタニカ百科事典』を調べてみれば、多くの記事がドイツの記録をもとにしていることがわかるだろう。イギリス人歴史家とドイツ人歴史家とでは、深い部分では、あるいは根本的な部分においても、お互いに意見が合わないだろうが、それでも双方が本気で相手を否定したりはしない中立的事実というものがあるだろう。全体主義が破壊するのは、人間というのはみな同じ種類の動物であるという暗黙の了解を含んだ、こういう合意の共通基盤とでも言うべきものなのだ。ナチスの理論はとりわけ「真実」のようなものが存在するのを否定する。たとえば、「科学」というものは存在しない。あるのは「ドイツ科学」「ユダヤ科学」等々だけである。この手の考えが暗黙裡に目指しているのは、指導者またはなんらかの支配者的集団が、未来だけでなく過去までもコントロールするという悪夢的な世界である。もし指導者が云々《しかじか》の出来事について、「そんなことは起こらなかった」と発言すれば、そう、それは起こらなかったことになる。もし2たす2は5である、と言えば、そう、2たす2は5になるのだ。将来こうなってしまうという予測に私は、爆弾を遥かに凌《しの》ぐ恐怖を覚える。そして過去数年に私たちが経験してきたことを考慮するなら、これは決してふざけた発言とは言えないのだ。

しかし、全体主義的な未来を思い浮かべて怯えるのは、子どもっぽくて病的で過剰な反応なのだろうか？　全体主義的な世界を到底実現しえない悪夢だと打ち消してしまう前に、一九二五年には今日のこの世界も実現しえない悪夢に思えたはずだということを思い出してほしい。今日の黒が明日には白になってしまい、昨日の天気が法令によって変えられてしまうような権謀にまみれた変幻きわまりない世界に抗うためには、現実的な防衛策となる条件は二つしかない。一つには、いくら真実を否定しようとも、真実というのはいわば私たちに見えない背後では存在し続けるのであり、したがって敵の軍事的有効力を損なわせるのと同じようなやり方では、真実をなきものにすることはできない、ということ。もう一つは、地球上のどこかの部分が征服を逃れている限り、自由主義的伝統は生き続ける、ということ。ファシズム、あるいはもしかしたら複数の形態のファシズムが組み合わされたものが世界全体を征服したならば、この二つの条件は消えてしまう。イギリスに住む私たちは、私たちの伝統と過去の安全によって、結局はすべてうまく収まるし最も恐れているような事態は決して起こりえないはずだ、という感情的な盲信を与えられているために、この手の危険性を小さく見積もってしまうところがある。最終章においてはいつだって正義が大勝利を収める、というような文学を血肉としてきたために、悪は最後には滅びるものなのだと私たちは半ば本能的に考えてしまう。たとえば平和主義は主にこの信念に基づいたものだ。悪に抗う必要はない、放っておいても早晩滅びていくのだから、と。しかし、なぜそう言えるのか？　そうなるという証拠でもあるのだろうか？　軍事的勢力によって外部から征服される以外のやり方で、近代産業国家が崩壊したいかなる例があるというのか？

たとえば奴隷制の復活について考えてみてほしい。ヨーロッパに奴隷制が復活するなどと二十年前に想像できた人がいただろうか？　そうなのだ、奴隷制は今私たちの目の前で復活している。ヨーロッパとアフリカの至る所で、ポーランド人、ロシア人、ユダヤ人、そしてあらゆる人種の政治犯が、ほんの僅かな食料だけを与えられて道路敷設や沼地の干拓のために働かされている強制労働キャンプは、純然たる奴隷制である。弁護して言ってやれるのはせいぜい、個人による奴隷の売買はまだ認められていない、ということくらいだ。他の点では、たとえば家族が離散を余儀なくされることなどを考えれば、アメリカの綿花プランテーションでの奴隷制よりもおそらくひどい状況にある。いかなる全体主義支配でもそれが続く限りは、こうした状況が変わると考えられる理由はどこにもない。そして私たちはそれが何を意味するのか十全に理解することがない。というのも私たちは何故か直感的に、奴隷制の上に建てられた政治体制は崩壊する
はずである、と感じているからだ。しかし古代の奴隷国家が継続した

期間と近代国家のそれを比べて見ることには意味があろう。奴隷制に基づいた文明は四千年もの間続いたのである。

古代の国々について考えるときに私がぞっとするのは、何世代にもわたってその背中に文明というものを負わされてきた何億人もの奴隷たちについては、なんの記録も残っていないという事実である。彼らの名前すら私たちにはわからない。ギリシャ・ローマの歴史全体を通じて何人の奴隷の名前をあなたは知っているだろうか？ 私が知っているのは二人のみ、よくても三人である。一人はスパルタクス、[12]もう一人はエピクテトスだ。[13]また、大英博物館のローマ展示室には、底に「フェリクス作」と彫られたガラス瓶がある。私の頭には可哀想なフェリクス（赤毛で鉄の首輪をつけさせられたガリア人）の姿がありありと浮かぶが、実際には彼は奴隷ではなかったかもしれない。だから確実に名前を知っている奴隷はたった二人しかいない。おそらくそれ以上奴隷の名前を思い出せる人はまずいないだろう。他の奴隷たちは全《まった》き沈黙の底へと沈んでしまった。

V

フランコに対する抵抗の中心にいたのはスペインの労働者階級、とくに都市部の労働組合のメンバーたちだった。長い目で見れば――長い目で見た場合に限った話だということは忘れないでいただきたい――労働者階級はファシズムに対する敵としてもっともあてになる存在であり続けるだろう。労働者階級は社会の然《しか》るべき再建によって得るところの最も大きい階級だから、という単純な理由からである。他の階級や部門とは違って、労働者階級を永遠に買収し続けることは不可能だ。

こういう言い方をするのは、別に労働者階級を理想化したいがためではない。ロシア革命に続く長い闘争で挫折を味わったのは肉体労働者たちであった。そしてそうなったのは彼ら自身の責任でもあったと感じずにはいられない。何度も何度も、そして様々な国で、組織化された労働運動が公然たる違法な暴力によって弾圧されてきた。

---

12 古代ローマの奴隷反乱の指導者。トラキア出身の剣闘士。

13 ストア派の哲学者。奴隷の子であったが向学心があったためのちに解放される。

そしてその度に、理論的には彼らと団結しているはずの国外の同志たちは、ただ傍観するばかりでなんの手助けもせずに来た。そしてその裏には多くの裏切り行為の隠された原因として、白人労働者と有色人種労働者の間では口先だけの団結さえ存在しない、という事実がある。過去十年間に起こった事件を見て、階級闘争を目指す国際的なプロレタリアートをまだ信じることができる人などいるだろうか？　イギリスの労働者階級にとっては、ウィーンやベルリン、マドリッド、その他どこでもいいが国外での同志労働者たちの虐殺よりも、昨日のサッカーの試合のほうが関心を奪われるし、大事なのだ。しかし、だからといって、他の人たちが屈服したあとでも労働者階級はファシズムに対抗して戦い続けるであろうという事実が変わるわけではない。ナチスによるフランス支配の一つの特徴は、左翼の政治的インテリを含むインテリ層の驚くばかりの変節だった。インテリはファシズムに対してもっとも声高に抗議の声を上げた人々であるが、一旦危機的状況を迎えると、そのうちのかなりの者が敗北主義に陥ってしまう。彼らは先の見通しが利くから、自分たちが負ける確率が高くなるとそれに気づいてしまう。そのうえインテリは買収できる。その証拠にナチスは明らかにインテリには買収する価値があると考えていた。労働者階級の場合は逆だ。彼らは自分たちに仕掛けられている策略を見破ることもできないほど無知なので、ファシズムの約束を簡単に信じてしまうが、遅かれ早かれまたしても闘争を開始する。せざるをえないのだ。というのもいつまでもファシストの約束が実現されることがないのを、彼らは自身の肉体を通して発見するからだ。永遠に労働者階級を味方に引き入れておくためには、ファシストたちは一般的な生活水準を引き上げなくてはならないが、ファシストたちにはそれはできないし、したいとも思わないはずだ。労働者階級の闘争は植物の生長によく似ている。植物というのは目が見えないし愚かではあるが、光の方へと伸び続けることくらいは知っていて、しかも何度も何度も挫折を味わわされても伸び続けるのだ。労働者たちは何のために戦っているのか？　ただただそれなりにまともな生活を求めてのことである。そして、そのまともな生活が今日では技術的に可能だということにも、彼らはますます自覚的になってきている。この目的に対する彼らの自覚は、波のように満ち引きを繰り返す。スペイン内戦では当初、人々は自分たちが到達したい、そして到達できると考えたゴールに向かって、意識的に行動した。戦争初期の何か月かの間に政府下のスペインで見られた奇妙に浮き浮きした感情は、これが原因だった。人々は、共和派が自分たちの味方でありフランコは敵であると直感的にわかっていた。彼らは自分たちが正しいとわかっていた。なぜなら彼らが戦っているものは、世界が彼らから借りていて返す義務があり、そして返すことの可能なものだったのだから。

スペイン内戦を正しい視点から見るためには、このことを覚えておかなくてはいけない。戦争の残酷さ、卑しさ、無益さ——また特にこの戦争においては、陰謀や、迫害、嘘や誤解——について考えるときに、人はついついこう言ってしまいそうになる。「こっちの側もあっちの側と同じくらい悪い。俺は中立だよ」。しかしながら実際には、中立などという立場はありえないし、どちらが勝っても同じである戦争などというものはない。ほとんどいつだって、一方の側が幾分か進歩的なものを支持し、対する他方は幾分反動的なものを支持する。スペイン共和国が百万長者や公爵、枢機卿、道楽者、反動的な連中などなどから引き起こした憎悪を見れば、どのような情勢か理解するには十分であろう。それは本質的に階級闘争だった。もしその闘争に勝っていたなら、あらゆる国における人民の大義はさらに強化されていたことだろう。しかし人民の側は敗北し、世界中の配当手形振出人たちは、喜びのあまり両手を揉み合わせた。それが本当の論点だった。他のことはみな表面上の泡《あぶく》にすぎなかった。

Ⅵ

スペイン内戦の結末が決定されたのはロンドンであり、パリであり、ローマでありベルリンでであった。いずれにせよスペインでではなかった。一九三七年の夏以降、目のついている人間なら誰でも、国際的な枠組みに甚大な変化がない限り政府側が戦争に勝利することはないと悟っていた。ネグリンたち[14]が戦争を続行しようと決定したのには、実際には一九三九年に勃発することになる世界大戦が、一九三八年に起こるのではないかという期待に基づく部分もあったかもしれない。メディアで盛んに喧伝されている政府側の不和は敗北の主たる原因ではなかった。政府側の民兵は大急ぎで招集された者たちで、武器も足りていなければ軍事的展望においても想像力を欠いていたが、完全な政治的合意がはじめから存在していたとしても、その状態は変わらなかったはずだ。戦争が勃発したとき、平均的なスペインの工場労働者はライフルの撃ち方さえ知らなかったし（スペインでは国民皆兵制度が取られたことは一度もなかった）、

14　スペイン内戦期一九三七〜三九年の共和国政府側の首相。

左翼の伝統ともいえる平和主義は、大きなハンディキャップとなった。スペインで従軍した何千人の外国人兵士は立派な歩兵となったが、それでもなんらかの分野の熟練者と呼べる者は、この中にはほぼいなかった。革命がサボタージュされなければ戦争に勝てていた、というトロツキストの理屈はおそらく間違っている。工場を国有化し、教会を取り壊し、革命宣言を発したからといって、軍隊がより有能になったわけもあるまい。ファシスト側が勝利を収めたのは奴らの方が強かったからなのだ。奴らは近代的な兵器を持っていて、相手は持っていなかった。いかなる政治戦略を用いようがこの差は埋めようがなかっただろう。

スペイン内戦でもっとも不可解なのは列強諸国が取った態度である。戦争は実際のところドイツとイタリアによってフランコが勝たせてもらったようなもので、この二国の動機は十分はっきりしていた。だが、一方のフランスとイギリスがどうしたかったのかは、わかりにくい。一九三六年には、イギリスがスペイン政府を助けて、数百万ポンド[15]程度の武器の援助でもしていれば、フランコは倒れ、ドイツの戦略が深刻な混乱を被《こうむ》るであろうことは、誰の目にも明らかだった。そのころまでには、別に千里眼を持たずとも、英独間の戦争が迫っていることは予見できるくらい明白だった。

一、二年のうちにはそれがいつ起こるのか予想することさえできた。ところが、このうえなく卑劣で臆病で偽善的な方法で、イギリスの支配階級はスペインをフランコとナチスの手に渡そうとしたのである。なぜか？　奴らが親ファシストだから。それが明白な答えだ。間違いなくそうだった。ところが最後の土壇場に来ると、彼らはドイツに立ち向かうことを選んだ。奴らがフランコを支持したときに、いったいどんな計画を指針として行動していたのかは、今もって非常に曖昧である。もしかしたらはっきりした計画など何もなかったのかもしれない。イギリスの支配階級が邪《よこしま》なのかそれともただ単に愚かなのかという疑問は、私たちの時代の抱《かか》えるもっとも困難な問いであり、と同時にある瞬間においてはきわめて重大な問いでもある。ソヴィエトについては、スペイン内戦における彼らの動機は完全に不可解である。左翼がかった人たちが信じたように、彼らは民主主義を守りナチスを挫《くじ》くためにスペインに介入したのか？　それならなぜにあれほどしみったれた規模にとどまって、結局はスペインを窮地に捨て置いたのか？　あるいは、カトリックが言ったように、スペインでの革命を

15　現在の換算で数億円。

育むために介入したのだろうか？　それならば、なぜ彼らはスペインの革命運動を全力で潰《つぶ》し、私有財産を擁護し、労働者階級に対抗する中産階級に権力を渡したのか？　またはトロツキストが言うように、彼らはただ単にスペインに革命が起こるのを阻止するために介入したのか？　ならばなぜフランコを支持しなかったのか？　実のところ、ソヴィエトの行動は、彼らがいくつかの相矛盾する動機のもとに行動していたと仮定した場合に、もっとも説明が容易なのだ。スターリンの外交政策は、よく言われているように悪魔のように抜け目ないのではなく、単に日和見《ひよりみ》主義で馬鹿なのだと、将来的には認識されるようになると私は確信している。しかしいずれにせよ、スペイン内戦がはっきりと示したのは、ナチスの側は自分たちがしていることを十分に理解していたのに対して、その相手方はそうではなかったということだ。この戦争は技術的には低いレベルで戦われ、その主要な戦術は非常に単純なものだった。武器を持っている方が勝ちなのだ。ナチスやイタリアはスペインのファシストの友人たちに武器を渡し、西洋の民主主義諸国とソヴィエトは彼らの友人であるはずの人々に武器を回さなかった。ゆえにスペイン共和国は倒れた、「いかなる共和国も避けられなかったものを手に入れて[16]」。他国のすべての左翼がしたように、戦争に勝ち目がないとわかっても共和派スペインが戦い続けるのを支援するのが正しかったのかどうかは、答えるのが難しい疑問である。私自身としては正しかったと思っている。というのは生き残りの観点から考えても、戦って征服される方が戦わずして降伏するよりもまだましだと思うからだ。ファシズムに対する闘争の総合的な戦略において、それがどんな効果を持っていたかは、まだ決定することができない。ぼろ着を身につけ武器も持たない共和派の軍隊は、二年半も持ち堪《こた》えてみせ、それは敵が予測したよりも確実に長い期間だった。しかし、その粘りがファシストの計画を狂わせたのかどうか、あるいはただ大きな戦争の到来を遅らせ、その結果ナチスが戦争体制を整えるための余分な時間を提供してしまったのかどうかは、今はまだわからない。

16 ロバート・ブラウニングの詩「明白な失敗」より。パリの死体公示所を訪れ、ルイ＝ナポレオンのクーデター時に自決した社会主義者たちのことを思う詩。「いかなる共和国も避けられなかったもの」とは死を意味し、共和国の失敗が運命付けられていたのだという皮肉を表していると思われる。

Ⅶ

スペイン内戦のことを考えるときに、必ず心に蘇る二つの思い出がある。一つ目はレリダの病棟で耳にした、負傷した民兵の少し悲しそうな歌声で、こんな繰り返しで終わる歌だった。

「最後まで
　戦い抜く決意！」

そう、彼らは最後まで立派に戦った。戦争の最後の十八か月間というもの、共和派の軍隊にはタバコはほとんどなく、食料もほぼない状態で戦ったはずだ。一九三七年の中頃に私がスペインをあとにした時でさえ、肉やパンは乏しく、タバコは滅多になく、コーヒーと砂糖に至ってはまず、入手不可能だった。

もう一つの思い出は、私が民兵に加わったその日に営倉で握手を交わしたイタリア人の民兵のことである。この男についてはスペイン内戦についての本[*1]の冒頭で触れたので、すでに書いたことを繰り返すのはやめておこう。彼のくたびれた軍服や、荒々しく、哀れで、純真な顔を思い出すとき――しかもなんと鮮明に思い出せることか！——戦争の複雑な枝葉の問題は姿を消してしまうように感じられ、少なくともこの戦争で誰が正しかったのかという問題については疑問の余地がないのがはっきりとわかる。権力政治や報道の嘘もあったが、戦争の中心にあった争点は、こういった人たちが自分たちの生まれながらの権利だと知っている、人としてふさわしい生活を勝ち取ろうとする試みだったのだ。この男の最後がどうなったのか考える時、様々な辛《つら》さを覚えずにはいられない。私が彼に出会ったのがレーニン兵営でのことだったから、彼はおそらくトロツキストかアナキストだったのだろう。そして私たちの時代の特別な状況下では、この類の人間はゲシュタポに殺されるのでなければたいていはGPU《ゲーペーウー》に殺されるのだった。どちらであろうが長期的問題には関係ない。私がたった一分か二分しか目にしなかったこの男の顔は、戦争の本当の姿をある種視覚的に思い起こさせるものとして心に残っている。彼は私にとって、警察によって蹂躙《じゅうりん》されているヨーロッパのすべての国の労働者階級の花、スペインの戦場の共同墓地を満たし今や数百万もの数で強制労働キャンプで朽ち果てつつある人々の象徴なのだ。

＊1 （原注）『カタロニア讃歌』

ファシズムを支持している人、あるいは支持したことのあるすべての人を考えるとき、その多様さには驚きを禁じ得ない。なんという集団か！　少なくともしばらくの間でも、こういった面々すべてを一堂に乗り込ませた計画があったとは。ヒトラー、ペタン、[17]モンタギュー・ノーマン、[18]パヴェリッチ、[19]ウィリアム・ランドルフ・ハースト、[20]シュトライヒャー、[21]バッチマン、[22]エズラ・パウンド、[23]ファン・マルシュ、[24]コクトー、[25]ティッセン、[26]チャールズ・カフリン、[27]イスラエルのイスラム教司教、アーノルド・ラン、アントネスク、[28]シュペングラー、[29]ビバリー・ニコルズ、[30]ヒューストン夫人、[31]マリネッティ、[32]彼ら全員が同じ船に乗船していたと想像してみてほしい！　とはいえ、謎を解く手がかりはごくごく簡単なものだ。この人たちはみな失う可能性のある何かを所有していた、つまりは階級社会が保たれるのを切望し、自由で平等な世界が到来するという見通しに恐怖した人々なのだ。「神なき」ソヴィエトや労働者階級の「物質主義」について流された全ての騒がしい非難の背後には、金や特権を持っている者たちのそれへの執着という単純な意志が見て取れる。同様に、多少の真理は含まれているとしても、「精神の変化」を伴わない社会の再建は無意味だという意見にも同じことが当てはまる。敬虔なる人は、教皇からカリフォルニアのヨガ行者まで、彼らの

観点からすれば経済システムの変化よりも遥かに気持ちを強くさせてくれる「精神の

17 フランスの軍人・政治家。第二次大戦ではナチスに協力してヴィシー政権を樹立。
18 英国の銀行家。
19 ナチス・ドイツの傀儡政権であるクロアチア独立国の元首。
20 イエロー・ジャーナリズムを代表する米国の新聞発行人。
21 ドイツのジャーナリスト。反ユダヤ主義新聞『シュテュルマー』の発行人。
22 米国のキリスト教伝道師。
23 米国の詩人・批評家。イマジズムで知られる。ムッソリーニを熱狂的に支持。
24 スペインの富豪。
25 フランスの詩人・作家。前衛で知られる。『恐るべき子供たち』など。
26 ドイツの実業家。
27 米国のカトリック司祭。
28 ルーマニアの軍人。
29 ドイツの歴史家。『西洋の没落』。
30 英国の作家。
31 英国の慈善家・政治活動家。労働党政府を「非愛国的」と攻撃したことで知られる『サタデー・レビュー』を発刊。
32 イタリアの詩人。

変化」に通じている。ペタンはフランスの没落を人民の「快楽好き」のせいだとした。ちょっと立ち止まって、ペタン自身の生活と比べて普通のフランス人農民や労働者の生活にどれくらいの快楽があろうものか考えてみれば、この発言が正しい観点から見えてくるだろう。労働者階級の社会主義者に向かって「物質主義」云々とお説教するこういった政治家や聖職者、文学者等々の連中の忌まわしき横柄さ！　労働者が要求しているのは、こういった連中がそれなしでは人間的な生活を送ることが不可能な、最低限だと考える程度の物質にすぎないというのに。それは、飢えない程度の食料、四六時中失業の恐怖に襲われる状態からの解放、子どもに公平な機会を与えられるという安心、一日一度の入浴、適切な頻度で清潔な下着やシーツに取り換えられること、雨漏りがしない屋根、そして一日の仕事が終わった後に多少の余力を残してくれる程度の長さの労働である。「物質主義」に反対して説教をする人々の中に、こうしたもののなしで人生を送ることが可能だと思う者は一人としていないだろう。しかし、その最低限でさえ、私たちがたった二十年間専念しさえすれば簡単に成し遂げられることなのだ。世界全体の生活水準をイギリス並みに引き上げることは、今私たちが戦っている戦争以上に困難な仕事ではないだろう。それが実現できたからといって何かに本質的な解決をもたらすとは、私は言わないし、誰もそんなことは言わない。ただ単に、物質的欠乏と、人を獣にさせるような労働が廃止されなければ、人類の本当の問題に取り組むことはできないというだけだ。私たちの時代の主要な問題は個人の不滅への信頼が衰弱してしまったということだが、平均的人間が牛のようにあくせく働かされたり、秘密警察の恐怖に震えている間は、そういう問題に対処することは不可能だ。労働者階級は「物質主義」であることにおいて、なんと正しいことか！　価値の尺度ではなく時間の尺度において、魂よりも腹の問題が先行するという認識において、彼らはいかに正しいことか！　それを理解すれば、私たちが今まさに甘んじて受けている長年の恐怖が、少なくとも理解はできるだろう。人を躊躇《ためら》わせる全ての考慮すべき事柄――ペタンやガンジーの欺瞞《ぎまん》のことば、戦うためには自らの品位を落とさねばならないという不可避の事実、民主主義的な空言を吐きながらも苦力《クーリー》の帝国を維持しているイギリスのどっちつかずの道徳的立場、ソヴィエト・ロシアの不吉な拡張、左翼政治の浅ましき茶番――こういった全てが消え去って、徐々に目覚めつつある人民たちの、財産を持つ者たちとそいつらに雇われた嘘つきやおべっか使いに対する闘争だけが見えてくる。論点ははとても単純だ。あのイタリア人兵士のような人々が、今では技術的には実現可能なまともな生活を送るのが許されるのか否か？　人民が泥濘の中に押し戻されるのか否か？　私自身は、根拠は十分ではないかもしれないにしろ、遅かれ早かれ人民が勝利すると信じているが、しかし「遅かれ」ではなく早急にそれを実現したいのだ。これから先一万年以内ではなく、言ってみれば、百年以内程度で実現したいのだ。それこそがスペイン内戦、そして現在の大戦、そしておそらくはこれから起こるであろう他の戦争の本当の争点だ。

あのイタリア人の民兵に会うことは二度となかったし、名前を知ることもなかった。彼が亡くなったのはほぼ間違いない。出会ってから二年後、目に見えて敗戦が濃厚になった時、彼を偲《しの》んでこんな詩を書いた。

イタリア人の兵士は僕の手を握った
営倉のテーブルの横で
その手は強く、僕の手は繊細だった
そのふたつの手のひらが出会うことができるのは

銃声の響くなかでのみ
しかし、おお！　そのとき僕が感じた平和はなんと大きかったことか
彼の痛めつけられた顔を見つめ
その顔はどんな女性の顔より純真だった！

僕を嘔吐させるような腐敗した言葉も
彼の耳にはまだ神聖であったから
そして彼は僕が本からゆっくりと学んだことを
生まれもって知っていたから

二心《にしん》ある銃たちは自分たちの言い分を語り
僕たちはふたりともそれを信じた
しかし僕が買ったにせの金塊は、なんとほんものの金でできていた
おお！　そんなことが起こるなんて誰が思っただろう！

きみに幸運がありますように、イタリアの兵士よ！
しかし幸運は勇敢な者には行きわたらない
世界はきみに何を返してくれるというのか？
それはいつだってきみが世界に与えるものより少ない

影と亡霊の間で
白と赤の間で
弾丸と嘘の間で
きみはどこにその頭を隠すのだろう？

マヌエル・ゴンサレスはどこだ？
ペドロ・アギラルはどこ？
ラモン・フェネリョサはどこにいる？
彼らの居場所はミミズだけが知っている

きみの名前もきみがしたことも忘れ去られた
きみの骨が乾く間もなく
きみを殺した嘘も土の中に埋められてしまった
より深い嘘の下に

でも、僕がきみの顔に見つけたものは
どんな権力も奪い去ることができないし
どんな爆弾だって砕くことなどできないんだ
その水晶のような精神は

（一九四二年）

ナショナリズム覚え書き

バイロン[1]はどこかでフランス語の「冗長《ロンゲール》」ということばを使ったついでに、イギリスにはこれに代わることばはないが、このことばが指す事態は夥《おびただ》しく存在する、と書いている。同じように、今ではかなり広範囲に浸透していて、ほぼどんな問題を考える時にも我々の思考に影響を与えているのに、いまだ名前を与えられていないある心のありようというものがある。現存することばでそれを指すもっとも近いものとして「ナショナリズム」を私は選んだが、私がこのことばを通常使われる意味で使っているのでないことは、すぐにおわかりいただけるであろう。なにしろ私が説明しようとしている感情は、ネイション——つまりは単一の人種や地理的な区域——と呼ばれるものに必ずしもまつわるわけではないのだから。私が使う「ナショナリズム」ということばは、教会や階級に付随することもあるし、何かに対する単なる否定的な感覚であったり、肯定的な忠誠心を発揮する対象を持たないことさえある。

「ナショナリズム」ということばで私が言わんとしていることは、第一に、人間を昆虫のように分類することが可能で、何百万あるいは何千万という人間の集団全体に確信をもって「善良」とか「邪悪」だとラベル付けできると考えるような姿勢である。[*1] しかし第二に言いたいのは――実は、こちらの方がずっと大事なのだが――、自分をひとつの国家やなんらかの組織に一体化し、それを善悪の判断を超えた場所に措定し

＊1 （原注）国家や、もっと曖昧な存在であるカトリック教会やプロレタリアートまでもが、一般的には個人と考えられて英語では「彼女（she）」という代名詞で表現されることが多い。「ドイツ人は生まれながらに裏切り者だ」といった明らかに馬鹿げた言辞はどんな新聞を開いても見つけることができるし、国民的気質に関するいい加減な一般化（「スペイン人は生来貴族趣味だ」とか「英国人はみんな偽善者だ」）を口にすることは誰にだってある。こういった一般化が根拠のないものだということは時々明らかにされるが、一般化する習慣じたいはなかなかなくならないし、たとえばトルストイやバーナード・ショー（211ページの訳注7を参照）のような、国際的な視野を持っていると自認し公言しているような人であってもしばしばこの罪を犯すものだ。

1　英国ロマン派の詩人。『ドン・ジュアン』など。

て、その利益を増やしていくことのみが自分の務めであると認識するような姿勢のことである。ナショナリズムを母国愛《パトリオティズム》と混同してはならない。どちらのことばも非常に曖昧な用法をされることが多いため、その定義はいかなるものでも反論される可能性が高いが、そこには二つの異なった、対立さえする考えが含まれているのだから、両者は明確に区別されなければならない。私が言う「母国愛」が意味するのは、ある特定の場所や生活様式への愛着ではあるが、その場所や生活様式を世界で最良だと思いはしてもその愛着を人に押し付けようとはしない態度のことだ。母国愛とは本質的に、軍事的にも文化的にも防衛的なものだ。対照的にナショナリズムは権力への欲望と切っても切れない関係にある。全てのナショナリストの変わらぬ目標は、自分ではなく、個人としての人格を埋没させせんと自ら決めた国家なりなんなりの集団に、より大きな権力や威信を付与することなのだ。

ドイツ、日本、その他の国で起こったような悪名高い明確なナショナリスト運動について使われる場合、上記の事実は明らかであろう。外部からも観察可能なナチズムのような現象に直面した場合には、ほぼ全ての人がだいたい同じことを言う。しかし、ここでもう一度繰り返し言っておかねばならない。私が「ナショナリズム」ということばを使うのは、より適切なことばがないからである。私が使っている、より広い意味でのナショナリズムは、共産主義や、政治的カトリシズム、シオニズム、反ユダヤ主義、トロツキズムや平和主義といった運動や傾向まで含むものなのだ。必ずしも政府や国への忠誠心を意味するものではないし、自分自身の国への忠誠心とも限らない。そして、その対象が現実に存在する集団である必要性さえ、厳密に言えば、ない。いくつかの明白な例を挙げるなら、ユダヤ世界、イスラム世界、キリスト教世界、プロレタリアートや白色人種、こういったもの全てが熱烈なナショナリズム的感情の対象なのだ。ただ、こういったものが実在するのかどうかには疑問の余地が大きく、そのいずれに関しても普遍的な定義は存在しない。

ここでもう一度、ナショナリスティックな感情は純粋に否定的な感情だ、という事実を強調しておくことは重要だろう。たとえば他のいかなる集団に対しても忠誠心を持たないまま、ただ単にソヴィエト共和国連邦を敵視するトロツキストのような者も存在する。この事実の含意するところを理解できれば、私がナショナリズムという言葉で言わんとしていることの本質はかなり明確になろう。ナショナリストというのはもっぱら、あるいは大部分において、威信争いを物差しにして考える人々のことだ。

肯定的なナショナリストの場合も否定的なナショナリストの場合もあろうが——つまりは精神的なエネルギーを何かを称揚するために使う者もいれば、何かを中傷するために使用する者もいる——いずれにせよその思考は常に勝利や敗北、勝ち誇ることと辱《はずかし》めることに向かう。ナショナリストは歴史、とくに同時代の歴史を、巨大な権力集団の終わることのない隆盛と没落の繰り返しだと考え、彼にとっては起こる出来事はすべて、自分の側が上昇し、嫌悪するライバル側が下降していくことの表れとして捉えられる。しかし最後に指摘しておきたいのは、ナショナリズムを単なる成功信仰と混同してはならないということだ。ナショナリストは、ただ強者の側につくという原則で行動しているわけではない。むしろ逆であって、いったん自分がどちらの側につくか決めたなら、ナショナリストはそちらの側こそが強者であると自分で信じ込むのであり、事実が圧倒的に不利な場合でも自分の信じたことに固執するのだ。ナショナリズムとは自己欺瞞によって強化された権力欲だ。ナショナリストはみな最も破廉恥な不誠実さえ辞さないが、それでいて——個人よりも巨大な何かに仕えているという意識があるために——自分が正しい側にいるのだという揺るぎなき信念を持っているものだ。

このような長々とした定義を披露したからには、私が示したような精神的習慣がイギリスのインテリに広く見られること、大衆においてよりもインテリにおいてより行きわたっていることがわかってもらえるだろう。現代の政治について深く考えている人々にとっては、ある種の問題は面子と強く関わっているために、それを本当に合理的なやりかたで扱うのがほぼ不可能になっている。考えられる何百もの例の中から、この問題を取り上げてみよう。第二次世界大戦において、ソ連、英国、アメリカの三大同盟国のうち、ドイツを打ち負かすのにもっとも貢献したのはどの国か？　理論上はこの問いに理屈の通った答えを出すことも、おそらくは決定的な答えを導くことも可能だと思う。しかしながら実際には、そのために必要な客観的推定がなされることはない。というのも、そのような問いについて考えようとする人は誰だって、必然的に威信争いに基づいて考えてしまうからだ。そのため人々は、それぞれの好みに応じてロシアかイギリスかアメリカのいずれかだと結論を決め、そうしたあとで自分の主張を裏付けるための理屈を探し始めるのである。これと似た問題はたくさんあって、そうした問題についての率直な答えは、関連する主題全てに無関心な人からしか得ることができないが、そうした人の意見というのはそもそも、役に立つことがない。それゆえに、我々のこの時代には、政治的な予測や軍事的な予測が見事なまでに外れることとなる。一九三九年の独ソ不可侵条約の締結はきわめて実現の見込みが高い出来事だったはずなのに、それが起こると予測できた「専門家」がいかなる学派においても皆無だったという事実は、今から思い起こしてみると興味深い[*2]。そして条約締結のニュースが流れるや否や、それに関するありとあらゆる相矛盾する解説が流布し、先の予測がされては即座に反論されたのだが、そのほとんど全てのケースが現実的な可能性に基づいてではなく、ソヴィエト共和国連邦を善玉に見せたいか悪玉に仕立てたいか、あるいは強国に見せたいか弱小国と見なしたいかという欲望に基づいてなされていた。政治評論家や軍事評論家は星占い師と一緒で、ほぼどんな間違いを犯しても責任を取らずに済むが、その理由は彼らの熱心な支持者たちが、事実の評価よりもナショナリスティックな忠誠心を鼓舞することを求めているためである[*3]。美学的な評価、とくに文学的評価も、政治的な評論同様に腐敗しがちである。インドのナショナリストがキプリング[2]を読んで喜ぶなんてことはありそうもないし、保守党員にマヤコフスキー[3]のよさを理解しろというのも無理だろう。そしていつだってある本の傾向が自分の主義と合わない場合に、その本が文学的に価値が低いのだ、と言ってしまいたくな

る誘惑が存在する。ナショナリスティックな見方の強い人は、しばしば自分でも不正

＊2 （原注）ピーター・ドラッカーをはじめとする幾人かの保守系評論家は独ソ間の合意を予測していたが、彼らが予測したのは事実上の同盟や永続的な合併であった。マルクス主義者やその他左翼系の評論家は、いかなる党派に属している者であっても、条約の締結を予感さえしていなかった。

＊3 （原注）大衆誌で書いている軍事評論家はだいたいが親ロシアか反ロシア、国粋主義者か反国粋主義者に分類できる。マジノ線が鉄壁であると信じ込んだり、ロシアがドイツ軍を三か月で征服すると予測したり、といった過ちを犯しても彼らの評判が揺らぐことがなかったのは、彼らがつねに特定の読者層が聞きたいと思っていることを書いているからだ。インテリ層に最も好まれている軍事評論家といえばリデル＝ハート大尉とフラー少将で、前者は攻撃よりも防御の方が重要だと論じ、後者は逆に攻撃こそが有効であると論じた。この矛盾にもかかわらず両者は同じ人々から権威として受け入れられた。左翼サークルで彼らが人気を博したことには秘密の理由があって、それは二人ともが陸軍省とウマが合わなかったためである。

2 ボンベイ（現ムンバイ）生まれの英国作家。英国統治下のインドを舞台にした作品で知られる。

3 ソ連の詩人。

の意識を感じることなくこの手の策略をやってのけるのだ。

単に支持者の数のみを考えるなら、イギリスにおけるナショナリズムのもっとも有力な形態は昔ながらの好戦的愛国主義であろう。この愛国主義がいまだに広く行きわたっていて、十年ほど前に多くの識者が見積もったであろう数より遥かに多くの人々が、現在この傾向を持っていることは確実である。しかしこのエッセイで関心を寄せたいのは主にインテリの反応であり、彼らインテリの間では、少数派においてこそ多少復活しているようだが、大勢においては好戦的愛国主義はもちろん、古い母国愛までもがほとんど死に絶えた状態なのである。では、インテリの間でもっとも人気のあるナショナリズムの形態は何かと問うならば、共産主義であることはまず言うまでもないだろう。ここでの共産主義はかなり緩やかな意味で、共産党の党員だけでなくいわゆる「共産党シンパ」や一般のロシア贔屓《びいき》の人まで含んでいる。私がここで言っている共産主義者とは、ソヴィエト共和国連邦を自らの祖国とみなし、ロシアの政策を正当化し、なにを犠牲にしてでもロシアの利益を拡張することを自らの義務だと考える手合いのことである。明らかに今のイギリスにはそういう人がたくさんおり、直接的にも間接的にもその影響力は非常に大きい。しかし他の形態のナショナリズムの多くもまた隆盛をきわめており、状況を総合的に視野に入れるためには、互いに異なったり、一見対立するかに思われる思想の間に類似点を見出すことが必要だ。十年から二十年前に今日の共産主義にもっともよく似ていたのは政治的カトリシズムだった。そしてそのもっとも目覚ましい唱道者といえば——典型例というよりはむしろ極端な例であるが——G・K・チェスタトンであった[4]。チェスタトンは少なからぬ才能に恵まれた作家であったが、自身の感受性や知的誠実さをローマ・カトリックのプロパガンダのために抑圧することを選択した。生涯の最後の二十数年にチェスタトンが出した作品全体が、実際には骨を折ってこじつけた巧妙さをもって「エフェソのディアーナは偉大なり」[5]というのと同じほど単純そして退屈な、同じことの絶え間ない繰り返しであった。彼が書く全ての本、全てのパラグラフ、全ての文章、物語の中で起きる出来事から会話に至るまであらゆるものが、間違えようもないほどに、プ

4　英国の評論家・小説家・詩人。推理作家としてもよく知られる。
5　ディアーナはギリシャ神話のアルテミス。新約聖書「使徒言行録」でパウロはエフェソを訪れるが、アルテミスを崇拝しその偶像を作る人々はパウロに反対してこう声をあげた。

ロテスタントや異教に対するカトリックの優越性を示そうとするものであった。ところがチェスタトンはこの優越性をただ知的で精神的な領域のみにとどめておくのでは満足できなかった。その優位性は国家的威信や軍事力にも当てはめられるべきだと信じ、その結果ラテン諸国、なかでもフランスを、無学にも理想化することとなった。チェスタトンはフランスにはそれほど長く住んだ経験がなく、彼が抱いたフランスのイメージ――カトリックの小作農たちが赤ワインのグラスを傾けながら絶えず「ラ・マルセイエーズ」を歌っている――は『チュー・チン・チョウ』[6]がバグダッドの日常生活を描いていないのと同様に現実のフランスの姿からかけ離れている。こうした無理解とともに、フランスの軍事力へのただならぬ過大評価（一九一四～一八年の前にも後にもチェスタトンは、フランスが単独でもドイツより強いと言っていた）に加えて、戦争の実際の経過を、愚かしくそして下劣にも賛美したのだ。「レパント」「聖バーバラのバラッド」といったチェスタトンの戦争詩に比べれば「軽騎兵の突撃」[7]さえ平和主義的パンフレットのように読めるだろう。これらの作品はおそらく英語で書かれたもっともけばけばしい大言壮語の例である。興味深いのは、彼がフランスやフランス軍についていつも書いていたようなロマンチックな戯言《たわごと》と同じような文章を、もし誰か別の人間がイギリスやイギリス軍について書いたなら、それをまず最初に嘲笑《あざわら》うのもチェスタトンであっただろうという事実だ。国内の政治に関してチェスタトンは小英国主義者であり、愛国主義や帝国主義を心から憎み、彼自身の基準に照らすなら、民主主義の真の友であった。しかし外に目を向けて国際的な問題となると、自分でもそうしていると気づかないままに、おのが原理原則を打ち捨ててしまえるのだった。そのため、民主主義の正しさへのほとんど神秘的なまでの信奉を持つにもかかわらず、ムッソリーニを崇拝しても矛盾を感じない。ムッソリーニは、チェスタトンが国内で心血を注いできた対象である議会制政府や言論の自由を破壊してしまったが、彼はイタリア人でありイタリアを強国にした、というだけで問題なしとなってしまうのだ。帝国主義や有色人種への征服行為についても、イタリア人やフランス人が行うのであればチェスタトンは反対の声を上げなかった。チェスタトンの理解力は、ナショナリスティックな忠誠心が関わるや否や、現実や文学的好み、そしてある程度は道徳観に

6　『アリババと四十人の盗賊』を下敷きに、中国人名を冠した舞台劇。
7　無謀な勇敢さを称《たた》えたテニソンの物語詩。

おいてまで、狂わされてしまう。

チェスタトンによって例示された政治的カトリシズムと共産主義の間には明らかに大きな類似が見られる。だからこの両者のいずれかと、たとえば、スコットランド独立主義、シオニズム、反ユダヤ主義やトロツキズムとの間にも同様に類似点は存在する。精神的な雰囲気について、あらゆる形態のナショナリズムが同じだと言うのは、単純化しすぎだというのは認めるが、全てのケースに当てはまる、ある種の原則というのが存在するのも確かだ。以下に挙げるのはナショナリスト的思考の原則的特徴である。

妄執 ナショナリストというのはまず間違いなく、自分が属する権力集団の優位性以外について、考えたり話したり書いたりはしないものだ。ナショナリストにとってその忠誠心を隠すのは、不可能ではないにしろ困難なことだ。自分の集団に対する些細な非難、あるいはライバル集団へのそれとない賞賛を耳にしたなら、ナショナリストは途端に落ち着かなくなり、辛辣な論駁《ろんばく》をせずには気が済まない。もし彼が選択した集団が、インドとかアイルランドのような実際の国家であれば、優越を示すのは軍事力や政治的正しさにとどまらず、芸術、文学、スポーツ、話されている言語の構造、国民の身体的美しさに及び、さらには気候、風景、料理にまで至るだろう。ナショナリストは国旗の正しい揚げ方、新聞の見出しの相対的な大きさ、国々の名前が挙げられるときの順番といった事柄に大いに神経を尖らせる。[*4] ナショナリストの思考においてはその独特な命名法が非常に重要である。独立を勝ち取ったり、ナショナリストによる革命を経た国というのはたいてい名前を変えるもので、それをめぐって強い感情が周りを取り巻く国やその他の集団は、いかなるものでも複数の名前を持つ傾向があり、そのそれぞれに異なった意味が託されているものだ。スペイン内戦で戦った両軍は愛や憎悪の程度に応じて九つか十の名前を持っていた。これらの名前のうちのいくつかは率直に言って論点回避だし（たとえばフランコ支持者は「愛国者《パトリオット》」、共和国政府支持者も「愛国者《ロイヤリスト》」だった）、敵対する二つの党派双方が使用に合意しているような名前は一つもないのだ。ナショナリストとは往々にしてライバル集団のことばにとって損失となるように自分たちのことばを広めることを義務と考えるものであり、英語話者

＊4　（原注）あるアメリカ人たちは「アングロ゠アメリカン」がこの二語の通例の並びだということに不満を表明した。代わりに「アメリコ゠ブリティッシュ」とするべきだという。

同士の場合にはこの争いは、より細かい方言同士の争いという形態で再現される。英国嫌いのアメリカ人はイギリス発祥の表現だと知ったらそのスラングを使わないし、ラテン語主義者とゲルマン語主義者の対立の背後には往々にしてナショナリスト的動機が潜んでいる。スコットランド独立主義者はスコットランド低地方言の優越を主張し、ナショナリズムが階級嫌悪という形態で表れる社会主義者の場合にはＢＢＣの発音や開いたＡ音[8]さえ痛烈に非難する。こうした例はいくらでもある。ナショナリストの思考にはしばしば、共感呪術を信じているかのような印象さえ感じられる。おそらくは政敵をひとがたに嵌《は》めて燃やしたり、あるいはその写真を射撃練習場で的にするといった広く普及した習慣から由来する呪術である。

不安定性　ナショナリズムへの支持が熱烈だからといってナショナリスト的忠誠心を他に移し替えることができないというわけではない。まず、すでに指摘したように、ナショナリズムは自国以外の国に向けられることもよくある。大物の国家指導者やナショナリスト運動の創始者が、彼らが栄光を称えてみせるその国の国民でさえない、ということもしばしば見受けられる。全くの外国人だったり、もっとよくあるのは、国籍が不確かな周辺的な地域の出身というケースだ。例としてはスターリン、ヒトラー、ナポレオン、デ・ヴァレラ[9]、ディズレーリ[10]、ポアンカレ[11]、ビーバーブルック[12]などが挙げられよう。汎ゲルマン主義の動きはある部分ヒューストン・チェンバレン[13]というイギリス人によって作られたものだった。過去五十年から百年くらいの間、国外の場所に転位されたナショナリズムは文学的知識人のあいだでよく見られる現象だった。ラフカディオ・ハーン[14]にとってナショナリズムの転位先は日本で、カーライル[15]や他の多くの同時代人たちにとってはドイツ、そして我々が暮らす今の時代だとたいていはロシアということになる。しかし特に興味深い事実は、ナショナリズムの再転位

8　英国のパブリック・スクールのアクセントに特徴的なAの音。
9　アイルランドの政治家・首相。ニューヨーク生まれ。
10　英国トーリー党の政治家・首相。イタリア系ユダヤ人の子孫。
11　フランスの政治家・首相。
12　カナダ生まれの英国の新聞業者・政治家。
13　英国の政治評論家・脚本家。のちにドイツに帰化。汎ゲルマン主義、反ユダヤ主義を広め、のちにヒトラーに「第三帝国の予言者」と讃えられる。
14　ギリシャ生まれで米国で新聞記者となり、来日ののち帰化した作家。小泉八雲。
15　十九世紀英国の歴史家・評論家。ドイツ文学を研究、ゲーテとの往復書簡がある。

というのもありうるということだ。何年にもわたって崇拝されてきた国家やなんらかの集団が突然唾棄すべき対象に堕し、ほとんど間を置くこともなしに別のものが愛情の対象として取って代わる。H・G・ウェルズの『世界文化史大系』の最初の版や、同じ頃に彼が書いていた著作では、今日《こんにち》共産主義者がロシアを褒め称えるのと同じくらい大袈裟に、アメリカが称賛されているのを読むことができる。ところがその後数年のうちにこの無批判な礼賛は敵意へと変わってしまった。頑迷な共産主義者がものの数週間、場合によっては数日のうちに、同じくらい頑迷なトロツキストに変貌するのはよく見られる現象である。大陸ヨーロッパではファシストの運動員の多くは共産主義者から成っていたが、今後数年のうちにこれとは逆の動きが起こるかもしれない。ナショナリストにおいて変わらないままなのは、彼自身の心の状態のほうであり、一方、感情を向ける対象は変わりうるし、それが実在しない想像上のものだということだってありうる。

しかしすでにチェスタトンとの関わりで簡潔に述べたように、インテリにとっては外部への転位は重要な役割を果たしている。それが外部へと向けられることによって彼は、自分の生まれ育った国や自分が正しい知識を持っている集団に対してよりも、よりナショナリスティックに——つまりはより下品で、愚かで、悪意に満ち、不誠実に——なることが可能になる。スターリンや赤軍などについて、ある程度知的で分別があるはずの人々によって書かれた、卑しく自慢げな戯言の数々を見れば、これが可能なのは何らかの転位が起こったからこそだと理解できよう。ここイギリスのような社会では、インテリと呼ばれる人間が自国への深い愛着を感じるということはまずない。世論——つまりはインテリとしての彼が意識している世論の、ある部分——がそうすることを許しはしないのだ。彼の周りにいる人間はたいてい懐疑的で不満を抱いており、彼はそういった人々を真似して、あるいは単なる臆病から、彼らと同じ態度を取る。その場合彼は本当の国際主義者的見解に近づくことが一切ないまま、一番手近にあるナショナリズムの形態を捨ててしまっているのだろう。それでも母国の必要性は感じるし、それを国外のどこかに求めるのも無理はない。そしてその対象を見つけてしまえば、自分が解放されたと信じているのとまさに同じ感情に、思う存分耽溺することができるのだ。神や国王、大英帝国、ユニオンジャックなど、一度打ち倒された偶像たちも別の名前で再び現れることができ、しかもそれらは本来の姿では認識されないために安心して崇拝できる。転位されたナショナリズムとは、スケープゴートを用いるのと同様、自らの振る舞いを変えぬままで救済を得る方法である。

現実に対する無関心　ナショナリストというのはみな、類似した事実の組み合わせに類似を見出さないという能力を持っている。英国の保守主義者はヨーロッパにおける民族自決を擁護しながら、インドでの民族自決には矛盾の欠片《かけら》さえ感じないままに反対する。行動の是非は、その行動じたいの真価に基づいてではなく誰がそれをなすかに基づいて判断され、暴力行為――拷問、人質を取ること、強制労働、集団国外追放、裁判なしの投獄、文書偽造、暗殺、民間人への爆撃――はいかなるものでも、それが「自分たち」の側によってなされたときには道徳的評価を変えてしまう。リベラルな『ニュース・クロニクル』はドイツ兵によって首を吊られたロシア人の写真を衝撃的な野蛮行為の例として掲載したが、一年か二年後にはロシア兵によって首を吊られたドイツ人のほぼ同じような写真を、温かな称賛をもって掲載した。[*5] 同じことは歴史的な出来事にも当てはまる。歴史というのはたいていナショナリスト的な観点から思考され、異端審問や、星室庁による拷問、イギリスの海賊たちの功績（たとえばサー・フランシス・ドレイクはよくスペイン人捕虜を生きたまま海に沈めたという）、フランスの恐怖政治時代、何百人ものインド人を大砲の砲口に固定してぶっ放した反乱鎮圧の英雄たち、アイルランド人女性の顔をカミソリで切り刻んだクロムウェルの兵士たちでさえ、それが「正しい」大義のためになされたとなれば、道徳的に中立、あるいは称賛に値するということにさえなってしまう。過去四半世紀を振り返れば、世界のどこかで残虐行為の報道がなかった年など、ほぼ一度もない、という事実に気がつくだろう。にもかかわらず——スペインであろうが、ロシア、中国、ハンガリー、メキシコ、アムリッツァル、スミルナ［イズミル］であろうが——これらの残虐行為のうちイギリスのインテリ層全体が実際に起こったと信じ、非難を表明したケースは一つとしてないのである。これらの行為が非難されるべきかどうか、あるいはこれらが実際に起こったのかどうかさえ、いつだって政治的に偏《かたよ》った好みをもとに決められてしまうのだ。

＊5　（原注）『ニュース・クロニクル』は処刑の様子全体をクローズ・アップで見られるニュース映画を見に行くよう読者に勧めていた。『スター』紙は敵側への協力者だった女性が裸同然でパリの群衆になぶりものにされているのを、賛同するかのように掲載した。これらの写真はユダヤ人がベルリンの群衆になぶりものにされている様子を収めたナチスの写真にそっくりである。

ナショナリストは自分たちの側が行った残虐行為を認めないばかりでなく、そういった残虐行為について聞く耳さえ持たないという驚くべき能力を持っている。ほぼ六年もの間イギリスのヒトラー崇拝者たちはダッハウやブーヘンヴァルトの強制収容所の存在をどうにかして知るまいと努めてきた。そしてナチス・ドイツの強制収容所の存在をもっとも声高に否定した人たちは往々にして、ロシアにも強制収容所があることを全く、あるいはごくかすかにしか気づいていなかった。数百万人の人間が命を落とした一九三三年のウクライナ飢饉[16]のような大事件も、実際にはイギリス国内のロシア贔屓《びいき》たちの大半には注目されることもなかった。今回の戦争の間も、ドイツやポーランドのユダヤ人たちが絶滅させられようとしていたことについて多くのイギリス人は殆ど耳にすることさえなかった。彼ら自身が持っている反ユダヤ主義的感情のせいで、これほどの巨大な犯罪行為が彼らの良心には届くことなく跳ね返されてしまったのだ。ナショナリストの思考では、真実であると同時に真実ではないとか、知っているのに知らないことになっているといった事実がいくつもある。知っている事実であっても、耐え難い場合にはきまって脇へ追いやられ、論理的思考の俎上《そじょう》に載せられることがないとか、逆にあらゆる企みに使われるのに、その人の心の中でさえ決して事実として認められないことがあるのだ。

ナショナリストはみな、過去は改変可能だという信念に取りつかれている。ナショナリストはものごとが自分が期待した通りに起こった空想の世界——たとえばスペインの無敵艦隊が勝利を収めたとか、ロシア革命が一九一八年に粉砕されたとか——で人生のある部分を過ごし、その空想の世界の断片を、機会さえあればいつだって現世の歴史書に転写する。現代のプロパガンダ文書の多くは単なる捏造《ねつぞう》である。重大な事実は隠蔽され、日付は変更され、発言は文脈を無視して切り取られ、別の意味になるよう不正に変えられてしまう。起こらなかったらよかったと感じられる出来事は言及されないまま放置され、最終的にはなかったこととして否定される。*6 一九二七年には蒋介石は数百人もの共産主義者を生きたまま釜茹《かまゆ》でにしたというのに、十年もしないうちに彼は左翼の英雄の一人となった。世界政治の再編成によって彼は反ファシスト

*6 （原注）一つの例は、民衆の記憶からこのうえない速さで消去されつつある独ソ不可侵条約である。ロシア特派員が教えてくれたところによると、近年の政治的出来事を列挙したロシアの年鑑から、独ソ不可侵条約への言及ははやくも消されていっているという。

16 スターリンがウクライナで人工的に起こした飢饉によるジェノサイド（大量虐殺）。

陣営へと引き入れられ、その結果共産主義者を釜茹でにしたことは「たいしたことではない」、あるいは起こらなかったことになってしまったのだ。もちろんプロパガンダの最重要目的は現代の人々の見解に影響を与えることであるが、歴史を書き換えるような人たちは心のどこかで、自分たちは実際には過去に事実を押し込んでいるのだとでも考えているのだろう。トロツキーがロシア内戦で重要な役割を果たさなかったと主張するためになされた入念な文書偽造のことを思えば、その書き換えた人々が単に嘘をついているだけとは考えにくい。むしろ自分たちの偽造したバージョンの方が神の目から見れば本当に起こったことで、それに従って記録を再構成することは正当だと信じているのではないだろうか。

客観的真実への無関心は、世界の一部分を他の地域から孤立させて密封してしまうことで強化される。そうすれば実際にどんなことが起こっているのかはどんどん把握しがたくなっていく。とても大きな出来事に関してでさえ、実際にそれが起こったのかが心底疑われることがある。たとえば、先の戦争に関して、百万の単位、いや千万の単位でも、戦死者を割り出すことは不可能だろう。絶えず報道されている数々の惨事――戦闘、虐殺、飢饉、革命――は、一般的な人間においては非現実的な感覚を引き起こしがちである。事実を確認する方法はないし、それが起こったことも十分には確信しえず、そして絶えず異なった情報源からの全く食い違う解釈に晒《さら》されるのだ。一九四四年八月のワルシャワ蜂起の善悪はいかなるものだったのか？　ポーランドにナチスのガス室があったというのは事実なのか？　ベンガル飢饉で本当に責めを負うべきなのはいったい誰なのか？　おそらく真実を探し当てることは不可能ではないだろうが、事実は大方どの新聞でも歪めたり曲げて説明されるのだから、一般読者が嘘を鵜呑みにしたり自分の意見をうまく持てなくてもしょうがない。本当に起こっていることが何なのか全般的に確信が持てないとなると、常軌を逸した信念にしがみつくことも容易となる。何事も完全に証明されることも論駁されることもないのだから、もっとも間違えようのない明白な事実でさえ厚顔無恥にも否定しうるのだ。そのうえ、いつだって権力や勝利、敗北、復讐といったことを休みなく気に病んでいるくせに、ナショナリストは往々にして現実の世界で起きていることに少々無関心である。彼が求めるものとは、自分が属す集団が他の集団より勝《まさ》っていると感じることであり、そうするためには事実を吟味して現実に自集団が優位か確かめるよりも、敵をやりこめる方が簡単なのだ。ナショナリストの議論はすべて、討論クラブ程度のレベルに過ぎない。論争に参加する者がみな一様に自分が勝ったと思っているものだから、いつだって全体的な結論を欠くこととなる。ナショナリストの中には精神分裂と変わらないような者もいる。現実の世界とは全く関係のない権力と征服の夢の中で安穏として生きているのだから。

ここまですべての形態のナショナリズムに共通の思考習慣を可能な限り検討してきた。次にするのはこれらの形態を分類することだが、それを包括的にやるのが不可能だというのは明らかだろう。ナショナリズムとはそれほど巨大なテーマなのだ。世界は、きわめて複雑な形でお互いに食い違う無数の妄想と憎悪に悩まされており、そのもっとも邪悪なものの中にはまだヨーロッパ人の意識に影響を与えるに至っていないものもある。このエッセイでの私の関心はイギリスのインテリ層におけるナショナリズムである。インテリ層では、イギリスの一般市民より遥かに高い程度でナショナリズムが母国愛と混同されずにおり、そのため純粋な形で検討可能なのだ。以下に続くのは、現在イギリスのインテリ層の間で盛んに主張されている各種のナショナリズムを、必要と思われるコメントと共にリストにしたものである。便宜上、肯定的、転位された、否定的、の三つのラベルに分類してみたが、複数の分類に当てはまるものも存在する。

肯定的ナショナリズム

（一）新トーリー主義　エルトン卿、[17] A・P・ハーバート、G・M・ヤング、ピックソーン教授、トーリー改革委員会のパンフレット、『ニュー・イングリッシュ・レビュー』『十九世紀とそのあと』といった雑誌に例証される。新トーリー主義にナショナリスト的な性格を与え、他の保守主義と差別化しているその真の動機とは、イギリスの権力と影響力が低下した事実を認めたくないという欲望である。イギリスの軍事的地位がかつてのように高くはないと認める程度に現実的な人々であっても、「イギリス精神」（たいていはそれが何なのかは定義されないままだが）が世界を支配せねばならないと主張する傾向がある。新トーリー主義者はすべて反ロシアであるが、「反アメリカ」が強調される場合もある。重要なのはこの流派の考えが、割と若いイ

17　英国の歴史家・政治家。

ンテリの間で根を張りつつあることで、中にはよくある幻滅の過程を辿って共産主義に夢破れた元共産主義者たちもいる。イギリス嫌いが突然暴力的なまでの親英派となるのもよくあることだ。この傾向を表している作家といえばF・A・フォイクト[18]、マルコム・マゲリッジ[19]、イーヴリン・ウォー[20]、ヒュー・キングスミル[21]で、似たような精神的傾向はT・S・エリオット[22]やウィンダム・ルイス[23]と彼らの追随者たちにも見られる。

(二) ケルト・ナショナリズム　ウェールズ、アイルランド、スコットランドのナショナリズムはそれぞれ異なる点があるが、それでも反英的志向という点で共通している。これら三つの運動の支持者たちはみな自分たちを親ロシアだと言い続け、戦争には反対してきた。なかでも常軌を逸した過激派グループは、親ロであると同時に親ナチでもあろうと目論《もくろ》んできた。しかしケルト・ナショナリズムはイギリス嫌いと同じではない。その動機はケルト民族の過去、そして未来における偉大さへの信奉であり、人種主義的色合いが強い。ケルト民族はサクソン族より精神的に優れている——より純朴で創造性に富み、低俗でもなく、気取ったところもない——というのが彼らの主張だが、このような表面の下にはおなじみの権力欲が潜んでいる。その兆候の一つは、エール［アイルランド］、スコットランド、そしてウェールズまでもが助けなしで独立を維持しうるし、英国の保護など必要ではないのだ、という妄信である。作家の中でこの流派の好例として挙げられるのはヒュー・マクダーミッド[24]、ショーン・オケーシー[25]である。イェイツ[26]やジョイス[27]ほどの名声を博した作家でも、ナショナリズム

18　ドイツ系の英国人ジャーナリスト。ヨーロッパでの独裁や全体主義への反対で知られる。
19　英国のジャーナリスト。若いころは左翼シンパであったがのちに強力な反共姿勢を取るようになる。
20　英国のカトリック作家。
21　英国の作家・ジャーナリスト。
22　英国の詩人・批評家。米国のセントルイス出身だがのちに英国に帰化。
23　英国の画家。ヴォーティシズムの中心の一人。
24　スコットランドの詩人・ジャーナリスト。共産主義とスコットランド・ナショナリズムの支持者として知られる。
25　アイルランドの劇作家。社会主義に傾倒し、ダブリンの労働者階級について書く。アイルランド・ナショナリズムを支持。
26　アイルランドの詩人・劇作家。ノーベル文学賞受賞。
27　アイルランドの作家。『ユリシーズ』『フィネガンズ・ウェイク』など。

いない。現代アイルランド作家の中には一人としてその痕跡が完全に消えてしまっている者は、いない。

（三）シオニズム　これは通常のナショナリスト運動の特徴を備えているのではあるが、そのアメリカ版の変種はイギリス版より暴力的で悪意に満ちている。これを転位されたナショナリズムではなく直接的なナショナリズムとして分類するのは、この運動がほぼユダヤ人の間でのみ盛り上がっているものだからである。イギリスではいくつかのかなり辻褄の合わない理由から、たいていのインテリはパレスチナ問題においてユダヤ人支持であるが、とはいってもそれほど強い思いで支持しているわけではない。善意のイギリス人はみな、ナチスによる迫害を非難するという意味でこれまたユダヤ人支持である。しかし実際のナショナリスティックな忠誠心や、ユダヤ人が生まれもって優秀なのだという信念は、非ユダヤ人の間ではまず見られない。

転位されたナショナリズム

（一）共産主義

（二）政治的カトリシズム

（三）有色人種差別　「原地民」に対する軽蔑的態度はイギリスにおいてはかなり弱まってきたし、白色人種の優越性を強調する数多《あまた》の疑似科学理論も葬り去られてきた。[*7] インテリ層では有色人種差別は逆転された形態でのみ発現する。つまりは有色人種が生来白色人種より優秀だ、という信念である。この現象はいまやイギリスのインテリ層にどんどん広まっているのだが、アジア人や黒人のナショナリスト運動との接触から生まれたというよりは、むしろマゾヒズムと性的欲求不満から引き起こされたケースの方が多いだろう。人種の問題にあまり強く思うところのない人々の間でも、俗物根性と人まねは強い影響力を持っている。白色人種が有色人種より優秀だという主張

＊7（原注）日射病に関する迷信がいい例である。白色人種は有色人種に比して日射病にかかりやすいから、熱帯の太陽の下をソラトピーをかぶらずには安全に歩けない、とつい最近まで信じられてきた。この理論には何の根拠もなかったが、「原地民」とヨーロッパ人の間に違いがあるのだと強調するためには役立ってきた。今回の戦争でこの理論はひっそりと取り下げられ、すべての部隊が熱帯でソラトピーをかぶることなく作戦を遂行している。日射病についての迷信が信じられていたうちは、インドではイギリス人の医者も一般人同様にこの迷信を固く信じていたようである。

を耳にしたなら、イギリスのインテリならほぼどんな人でも憤慨してみせるだろうが、その反対が主張された場合、賛成しないとしても、どちらでもいいという程度の問題に思えるはずだ。有色人種へのナショナリスト的愛着はたいていの場合、彼らの性的生活が勝っているという信念と入り混じっており、黒人の性的能力の高さは、口にはされないが神話のように広く信じられている。

（四）階級差別　上流階級と中流階級のインテリ層において、逆転された形で存在。例：プロレタリアートの優越性を信じること。またしても、インテリの間では世論の圧力は抗しがたいものだ。プロレタリアートへのナショナリスティックな忠誠心とブルジョアジーに対する非常に悪意に満ちた理論的嫌悪は、日々の生活での一般的な俗物根性と共存しうるし、また実際共存している。

（五）平和主義　平和主義者の大多数は、怪しげな宗教的なセクトに属しているか、人の命を奪うことに反対し、それ以上に思考を進めようとはしないただの人道主義者かのいずれかである。しかし中には、西洋の民主主義を嫌悪し全体主義を崇拝することが許されざる真の動機である、インテリの平和主義者も少数ながら存在する。平和主義者のプロパガンダは、煎じ詰めれば、どちらの側も同じように悪い、と言っているようなものなのだが、若い平和主義者が書いたものを子細に読んでみると、彼らが分け隔てなくあらゆる暴力に非難を表明しているのでは決してなく、ほぼ例外なくイギリスとアメリカに対して批判を向けているのだということがわかる。さらに彼らは原則として暴力そのものを非難しているのではなく、西洋諸国の防衛のために使われる暴力のみを非難しているのだ。イギリスが戦争のような方法で防衛するのは非難するが、ロシアが同様のことをしても非難することはないし、実際のところこの手の平和主義プロパガンダは決まってロシアと中国への言及は避けるのである。また、インド人がイギリスに対する抵抗において暴力的手段を放棄するべきだと主張することもない。平和主義者の書くものにはどうとでも取れる曖昧な言い方が満載で、そこにもしなんらかの意味があるとしての話だが、ヒトラーのような政治家はチャーチル型の政治家より良く、暴力行為も十分に暴力的であれば許されるのだ、と言っているようなものだ。フランスの平和主義者は、フランスが屈して、イギリスの仲間たちがしなくても済んだ真の選択を迫られた際に、たいていがナチスへと転向を果たしたし、イギリスにおいては平和の誓い同盟と黒シャツ隊には多少なりともメンバーの重なりが見られるようだ。平和主義作家たちはカーライルへの称賛を書いてきたが、カーライルはファシズムの知的父祖の一人ではないか。全体として、インテリ層に見られる平和主義を見れば、平和主義とは権力への憧れと上首尾な残酷さに密かに駆り立てられているのだと感じないのは難しい。過ちはこの感情をヒトラーに向けたことから生じたわけだが、それを再び別の対象に転位することだってありえるではないか。

否定的ナショナリズム

（一）英国嫌い　インテリの間では自国であるイギリスに対して、嘲笑的で多少敵意を持った態度を取ることは必須であるが、多くの場合それはごまかしのない正直な感情でもある。これは戦時中にはインテリの敗北主義的態度として表出し、枢軸国側に勝ち目がないことがはっきりしたあとでも、長い間消えることがなかった。シンガポールが陥落したり英国軍がギリシャから撤退を余儀なくされた時、あからさまに喜色を露《あら》わにした者はたくさんいたし、たとえばエル・アラメインでの英軍の勝利や、ブリテンの戦いで撃墜されたドイツ軍戦闘機の数など、イギリスにとっていいニュースを驚くほどに信じたがらない傾向があった。イギリスの左翼インテリとて、もちろん本当にドイツや日本が戦争に勝利すればいいと思っていたわけではないだろうが、多くの者は自国が屈辱にまみれるのを見て興奮を禁じ得なかったし、最終的な勝利はイギリスではなくロシア、あるいはアメリカの活躍によるものであってほしいと願った。国際政治に関してインテリの多くは、イギリスによって支持された党派はすべて不正な側とみなすという原則に従っていた。その結果「啓蒙的」見解はかなりの部分保守主義的政策を反転させたものとなった。英国嫌いは常に反転しやすい感情なので、ある戦争に関しては反戦主義だった人が、次の戦争では好戦主義者になるのも、よくある光景である。

（二）反ユダヤ主義　これに関する証拠は現在のところほとんど見当たらない。というのもナチスによるユダヤ人迫害によって、思慮のある人間なら誰でも迫害者に反対してユダヤ人の側に立つことが必須となったからである。「反ユダヤ主義」ということばを耳にする程度に教育を受けた者なら誰だって、自分にその傾向がないと主張するのは当然のことであり、あらゆる分野の書物で反ユダヤ主義的言辞は注意深く排除されている。しかし実際には反ユダヤ主義はインテリの間でさえ広まりつつあるようで、世間一般が暗黙の了解のもと口をつぐんでいるという状況が、おそらくは反ユダヤ主義を広めてしまっているのではないだろうか。左翼思想の持ち主たちもその例外ではなく、彼らの場合トロツキストやアナキストの多くがユダヤ人であるという事実によってその見方が強化される。しかし反ユダヤ主義がより受け入れられやすいのは、ユダヤ人が国家の士気を弱めているとか国民的文化を薄めていると考えるような、保守主義的傾向の持ち主たちにおいてである。新トーリー主義者や政治的カトリシズム主義者は、少なくとも断続的に、反ユダヤ主義に陥りがちである。

（三）トロツキズム　この用語が指すところはかなり曖昧で、アナキストや民主的社会主義者、はては自由主義者まで含めて使われることがある。ここではスターリン体制への敵意を主な動機とした教条主義的マルクス主義者を指してこの語を用いる。トロツキズムについて知るためには、単一の思想しか持たない人間とはほど遠かったトロツキーその人の著作を読むよりも、あまり知られていない政治パンフレットや『ソーシャリスト・アピール』のような新聞を読んだ方がよくわかる。たとえばアメリカのように、トロツキズムがかなりの数の信奉者を集め、独自の二流の指導者を据えて組織的な運動を展開することもいくつかの地域では起こっているが、その思想は本質的に否定的なものである。トロツキストがスターリンに反対するのは、共産主義者がスターリンを支持するのと同様であり、共産主義者の大部分がそうであるように、威信を求める戦いが自分たちに優位に進んでいると感じることこそが大事であり、外部の世界を変革しようとはさほど考えていない。いずれも単一の問題にばかり固執するのも同じなら、現実的な見込みに基づいた真に合理的な見解を持つことができないという点も共通している。トロツキストがどこに行っても迫害される少数派であり、たとえばファシストに協力しているといった、彼らによく向けられる告発が明らかに誤りだという事実のために、トロツキストは共産主義者より知的にも道徳的にも優れているという印象を受けがちではあるが、実際には大した違いがあるとは思えない。いずれにせよもっとも典型的なトロツキストは元共産主義者であって、なんらかの左翼的な活動を経ずしてトロツキズムに辿り着く者はいない。何年にもわたる習慣によって自分の党に束縛されてでもいないかぎり、どんな共産主義者でもトロツキズムに突然転向する可能性はある。どうしてそうならないのか理由はよくわからないが、逆のルートをたどることはあまりないようである。

以上、ここまで試みてきた分類において、私がしばしば誇張したり単純化しすぎたり、確証のない仮定を展開したり、普通にまともな動機の存在を無視したりしているようにも思えるかもしれない。しかしそうなるのも致し方ないのだ。というのもこのエッセイにおいて私がやろうとしたことは、私たちみんなの心の中にあって、必ずしも純粋な状態で引き起こされるのでもなければ継続的に働いているわけでもないままにその思考を誤らせる、いくつかの傾向を抜き出して、正体を突き止めることなのだから。私がせざるを得なかった単純化しすぎた描写をここで訂正しておくのは大事なことだろう。第一に、すべての人間、あるいはすべてのインテリでさえ、例外なくナショナリズムに感染しているのだ、と仮定する権利は誰にもない。第二に、ナショナリズムは断続的だったり、限定されたものだったりする場合もある。あるインテリが、ある考えに魅かれて半分だけ心奪われながらも、それが馬鹿げた考えだとわかっていて、ずっと長い間その考えを頭の中から締め出していたのに、怒りに駆られたり感情的になったときに、あるいはそこに重要な問題が含まれていないと感じたときなどにだけ、その考えに戻ってしまうということもあるかもしれない。第三に、ナショナリスト的信条は非ナショナリスト的な動機からでも真剣に採用されることがある。第四に、いくつかの種類のナショナリズムは、相互に打ち消しあうようなものであっても、一人の人間の中で共存しうる。

ここまでずっと私が「ナショナリストはこうする」、「ナショナリストはああする」

と言ってきたのは、頭の中に中立地帯など持たず、権力闘争以外に一切の興味を持たない、極端な、ほとんど正気ではないタイプのナショナリストの例を提示するためである。事実、その手の人々はかなりいるのだが、しかしこういう手合いは戦っても骨折り甲斐がない。現実の世界ではエルトン卿、D・N・プリット[28]、ヒューストン夫人、エズラ・パウンド、ヴァンシッタート卿[29]、コグリン神父[30]や彼らのつまらない仲間たちこそが我らが戦うべき敵であるが、彼らの知的欠陥は指摘するまでもないだろう。偏執狂に用はないし、より頑固な種類のナショナリストには、数年の時間が過ぎたあとでもまだ読むに値すると思えるような本は決して書けない、という事実にはある種の消臭効果がある。しかしナショナリズムがすべての場所で勝利を収めているわけではないし、自らの判断を自らの欲望に任せない人々がまだいるのだと認めたとしても、——インドやポーランドやパレスチナ、スペイン内戦、モスクワ裁判、アメリカ

28　英国の弁護士・労働党の政治家。ソ連を支持。
29　英国の外交官。対独宥和政策に強硬に反対。
30　米国のカトリック司祭。ラジオで反ユダヤ主義を唱えて支持を拡げた。

の黒人問題、独ソ不可侵条約やその他もろもろといった——様々な差し迫った大問題を理性的なレベルで議論することができない、あるいは少なくとも現実に議論されることが決してないというほどに、ナショナリスト的習慣や考えが広まっているという事実はなお残る。エルトンやプリット、コグリン、彼らに似た連中はみな、同じ嘘を繰り返し繰り返し喚《わめ》くだけのでかい口にすぎず、明らかに極端な例なのだが、それでも我々もみな油断をすると彼らのようになりかねないのだと認めないままでは、自己欺瞞というものだろう。人の心の中のある音程がピタリと当てられたなら、何かしらピンポイントで感情を害するようなことが起こったなら——それはそれまで存在することさえ気づいていなかったものかもしれない——公平な心の持ち主で気立てのよい人であっても突如として、とにかく敵を「やりこめる」ことのみに全力を注ぎ、そのためならどれほど嘘をついてもどれほど論理的過ちを犯しても気にしないような、悪意に満ちた党派心の持ち主に変貌してしまう可能性がある。ボーア戦争に反対していたロイド・ジョージ[31]が議会で、イギリスの公式発表で出されたボーア人戦死者をすべて合計すると、ボーア人全体の人口より多くなってしまうと指摘した際、バルフォア首相[32]は立ち上がって「このごろつきめが！」と叫んでしまったと記録に残されている。

この手の過ちを犯さない人間はそうそういないものなのだ。黒人が白人女性に鼻であしらわれたら、あるいはアメリカ人がイギリスを無知にも批判するのをイギリス人が耳にしたなら、あるいはカトリックの護教家がスペインの無敵艦隊のことを指摘されたなら、きっとみな同じような反応をしてしまうだろう。ナショナリズムの神経をひと突きするだけで、知的な良識は雲散霧消し、過去は書き換え可能に、明白な事実をも否認できるようになってしまうのだ。

もし心のどこかにナショナリスティックな忠誠心や憎悪を持っているなら、ある種の事実は、それが真実だとわかってはいても、許しがたく思えるものだ。ここにいくつか例を挙げてみよう。以下に挙げるのは五種類のナショナリズムと、それぞれを信奉する者が心の中だけでさえ受け入れることが我慢ならない事実を付している。

イギリスのトーリー主義者　今回の戦争でイギリスはかつての国力も威信も失って

31　一九一六年から首相。第一次大戦後のヴェルサイユ体制の構築に貢献。
32　一九〇二～〇五年に首相。英国政府のシオニズム支持表明の「バルフォア宣言」で知られる。

弱体化する。

共産主義者　イギリスやアメリカに助けてもらわなかったなら、ロシアはドイツに敗北していたはずだ。

トロッキスト　スターリン体制はロシアの大衆に受け入れられているではないか。

平和主義者　暴力を「放棄」する者がそうすることが可能なのは、他の人たちが代わりに暴力を行使してくれているからである。

これらの事実の正しさは、その人の感情がたまたまその問題に深入りしていないかぎりは、すべて極めて明白である。しかし、それぞれの例に挙げた種類の人々にとっては、これらの事実は我慢できない、いいものであり、それゆえに否定しなくてはいけないものであり、その否定の上に誤った理論が積み上げられることとなる。今回の戦争において軍事的な予測が驚くほど間違っていたという件に戻ってみよう。一般の大衆よりインテリの方が戦争の進展に関して間違った予測をしていたという見解は正しいし、その間違いの原因がまさしく彼らの見解が党派的な感情によってぐらついていたためだというのも、同じく正しいはずだ。例えば左翼の平均的知識人たちは、一九四〇年の時点でこの戦争には負けたと思っていたし、一九四二年にはドイツ軍がエジプトを壊滅させると信じ、日本が征服した土地から追放されることなどありえないと信じ、英米軍による空爆はドイツに何のダメージも与えないだろうと信じていた。そんなことを信じられたのは、イギリスの支配階級に向けた嫌悪のために、英国の作戦がうまくいくという考えを自らに禁じていたからである。人がこの手の感情の影響下にある時には、どんな馬鹿げた話でも際限なく信じ込んでしまうものだ。たとえば私は、米軍がヨーロッパに投入されたのはドイツ軍と戦うためではなくイギリスで革命が起こるのを阻止するためだった、と誰かが自信満々で言うのを聞いたことがある。そういったことを信じるのはインテリだけだ。大衆はそこまで馬鹿にはなれない。ヒトラーがロシアに侵攻した際、情報省の役人たちは「予備知識として」ロシアが六週間で壊滅させられるかもしれないという警告を発していた。それとは反対に共産主義者たちは戦争の全ての局面をロシアの勝利とみなし、ロシア軍がほとんどカスピ海まで撤退を余儀なくされて数万人の兵士を捕虜に取られた時でさえそうだった。これ以上例を重ねる必要もなかろう。要点は、恐怖や憎悪、嫉妬や権力崇拝が関わるやいなや現実感覚がぐらついてしまう、ということだ。そしてすでに指摘してきたように、善悪の感覚もまたぐらついてしまうのだ。どんな犯罪行為でも、絶対に、「我々の」側が犯した場合に見逃されえないものなどない。たとえその犯罪行為が起こったことを否定はせずとも、たとえその犯罪行為が他の場合には自分が非難したことのある行為とまったく同じ犯罪であったとしても、たとえ知的なレベルにおいてはそれが正当化しえないと認めていても、それでも人はそれが間違っていると感じることができない。忠誠心が関わったとたん、憐れみの心ははたらきを止める。

ナショナリズムがなぜ勃興し、なぜ広まっていったのかは、ここで取り上げるには大きすぎる問題だ。イギリスのインテリの間で現れた形態においては、それは実際には外部で起こっている恐ろしい戦いの歪んだ反映であり、その最悪の狂気の沙汰は、母国愛と信仰心の崩壊によって引き起こされた、と言えば十分であろう。こうした思考の流れに従うと、ある種の保守主義や政治的静観主義に陥る危険性がある。たとえば母国愛はナショナリズムに抗するための予防接種であるとか、君主制は独裁に対する門番であるとか、組織化された宗教は迷信から我らを守る護衛であるとかいったまことしやかな議論は可能だし、おそらくはある意味正しくさえある。あるいはまたこういう議論さえ可能だろう。偏りのない見解なんてものは絶対に不可能だし、すべての主義や信条には同じ嘘や、愚かさ、野蛮さが含まれている、と。そしてこれはしばしば政治から完全に距離を置いて関わらないことの理由として提示される。しかし私はこの考えを受け入れない。現代の世界ではインテリと呼ばれるような人間は誰であろうが、政治を気にかけないという意味で、政治から距離を置いて関わらないことは許されない。誰でも政治——広い意味での政治——に関わらねばならないし、好みを持つべきだ。つまりは、客観的に見てある種の信条は他のものより良いと認める必要がある。様々な主義信条が同様に悪い方法で唱えられているにしてもである。私がここまで論じてきたナショナリスティックな愛情や憎悪は、それを望もうが望むまいが、私たち多くの者の構成要素となっている。それを取り除くことが可能なのかどうかはわからないが、それに抗って戦うことはできるはずだと私は信じているし、そうすることは本質的に倫理的な試みだと信じている。まずそれは、自分がどんな人間なのか、自分の感情がいかなるものなのか発見することであり、避けられない偏見について考えてみるということなのだ。もしロシアを憎み恐れるなら、アメリカの豊かさと力に嫉妬するなら、もしユダヤ人を軽蔑するなら、もしイギリスの支配階級に対して劣等感を感じるなら、ただ熟考するばかりではそういう感情を取り除くことはできない。それでも少なくとも自分にそういう感情があるという事実を認識することはできるし、その感情が自分の精神的作用を汚すのを防ぐことはできる。感情的な衝動は避けることができないうえに、おそらくは政治的行動のためには不可欠なものでもあろうが、それでも現実の受容と共存することは可能なはずだ。ただし、もう一度繰り返すが、そのためには倫理的な努力を要するし、現代のイギリスの文学が、われらの時代の重要な問題に多少なりとも気づいているとするならば、それをなす覚悟を持った人間は、残念ながらさほど多くはいないようである。

（一九四五年）

イギリスにおける反ユダヤ主義

イギリスには知られているだけでも四十万人のユダヤ人がおり、それに加えて一九三四年以降流入してきたユダヤ人難民が数千から数万人いる。ユダヤ人人口はほぼ完全に六つほどの大都市に集中しており、食品、衣料、家具の商売に従事している者が大半である。インペリアル化学工業会社のような二、三の巨大独占企業、主要新聞社では一つか二つ、それと大きなデパートのチェーン店グループの少なくとも一つが、ユダヤ人の所有または部分的にユダヤ人の所有であるが、イギリスの経済活動がユダヤ人に支配されているなどと言えば、現実からは程遠いだろう。それどころかユダヤ人たちは現代の大規模な企業合併の波についていき損ね、小規模かつ古臭い方法でやらざるをえない商売に取り残されているように思える。

見聞の広い人であれば誰でもすでに承知しているはずのこのような背景的事実から

始めたのは、イギリスには本当のユダヤ人「問題」など存在しないという事実を強調するためである。ユダヤ人は数も多くなければ支配力もなく、人目を引くような影響力をいくらかでも持っているのは、漠然と「知識人サークル」と呼ばれている世界くらいに過ぎない。しかし反ユダヤ主義が強まりつつあり、それは戦争によって大いに悪化してきたし、人道的で進歩的な人であってもこれに感染しかねない、という事実は広く一般に認められていよう。暴力的な形こそ取らないが（イギリス人とはだいたいどこに行ってもおとなしく、法は破らないものだ）、反ユダヤ主義は非常にひねくれて性質《たち》の悪いもので、状況が許せば政治問題にも発展しかねない。この一、二年の間に私が直接耳にした反ユダヤ主義的な発言のいくつかを例として挙げてみよう。

中年の会社従業員――「たいていの日はバスで通勤しています。バスの方が時間がかかるんですけど、最近ではゴルダーズ・グリーン[1]から地下鉄に乗ろうって気にはなりませんね。あの路線には神に選ばれし民が多すぎますよ」

タバコ屋店主（女性）――「ないですね、すみませんがマッチはないです。通りを向

1　ロンドンの北部に位置し、ユダヤ人街がある。

こうに行った店の女の人に聞いてみましょうか。あの人ならいつでもマッチを持ってますよ。なんといっても選ばれし民ですからね」

若いインテリ。共産主義者かそれに近い思想の持ち主——「いや、ユダヤ人は好きじゃない。隠したことはないよ。あいつらには我慢できない。とは言っても、もちろん私は反ユダヤ主義者じゃないよ」

中産階級の女性——「そうねえ、私は反ユダヤ主義者なんかじゃあないですよ、でもね、ユダヤ人たちの態度ときたら本当に酷《ひど》すぎますよ。行列の先頭に割り込むのとか、そういうの。まあ憎らしいくらい自己中心的なのよ。ああいう気の毒な目に遭ったのにはあの人たち自身にも大いに原因があると思いますわ」

牛乳配達——「ユダヤ人ってのは働きゃしねえんだよ、イギリス人が働くみたいには。あいつらは狡賢《ずるがしこ》いときてる。俺たちゃ『ここ』で仕事する（と、力こぶを作ってみせる）。あいつらはここで仕事してんだろ（と、おでこをピシャリと打つ）」

公認会計士。教養もあり自分なりの左翼思想の持ち主——「あいつらユダ公ってのはドイツ贔屓《びいき》なんですよ。明日ナチスがイギリスを侵略しに来たら、あいつらはすぐに寝返るに決まっています。仕事で多くのユダヤ人と会ってきましたが、心の底ではヒトラーを崇拝しているんですよ。自分たちを苛《いじ》める人間にはいつだって諂《へつら》うんです」
「教養ある女性。反ユダヤ主義とドイツ軍の残虐行為を描いた本を差し出されて―見せないで、おねがいだからそんな本、私に見せないで。そんな本を見たらますますユダヤ人のことが嫌いになるわ」

同じような発言を何ページも続けることもできるが、議論を始めるにはこれで十分足りるだろう。ここには二つの事実が見られる。第一点は――とても重要なのでこの点にはまたのちほど戻ってくるが――ある程度の知性の水準を超えると、人は「反ユダヤ主義」であることを恥だと思い、「反ユダヤ主義」と「ユダヤ人嫌い」の間に線を引いて区別するのを忘れない。第二点は、反ユダヤ主義が筋の通らない不合理なものであるということである。ユダヤ人は、ここでの発言者たちが重大だと考えている、人の感情を逆撫でする特定の行為（たとえば食品を買う行列での行儀の悪さ）について非難されているが、これらの非難がただただもっと根深い偏見を正当化するために使われているのは明白である。こういう人たちに事実や統計をもって反論しようとしても無駄であるし、時として無駄よりももっと悪い結果さえ引き起こしかねない。上の引用のなかの最後の発言に見られるように、自分の見解に言い訳の余地がないと十分認識しながらも、反ユダヤ主義、あるいは少なくともユダヤ人嫌いでいることもありうる。誰かを嫌いだということになれば何があろうと嫌いなのであり、それでおしまいである。いいところがある、と人からどれほど説明されようが、好きになることはない。

戦争がたまたま反ユダヤ主義の広まりを助長し、多くの普通の人たちが反ユダヤ主義であることを正当化さえしてしまった。まず、ユダヤ人は連合国の勝利によって確実に利益を得るに違いない人々である。それゆえに「これはユダヤ人の戦争だ」という理屈がもっともらしく聞こえるし、戦争でのユダヤ人の尽力が人々の目にしかるべく届けられることが滅多にないとなれば、なおさらそう思われかねない。大英帝国は、概《おおむ》ね双方の合意によって結びつけられた雑多な構成要素からなる巨大組織であるため、時として帝国により忠実な集団を犠牲にしてでも、あてにならないほうの集団を褒めて喜ばせてやる必要がある。ユダヤ人兵士たちの活躍を公《おおやけ》にしたり、あるいは中東にかなりの数のユダヤ人部隊がいると認めるだけでも、南アフリカやアラブ諸国その他各地で反感を招くのは目に見えている。だからユダヤ人に関する件にはすべて目をつぶり、市井の人々には、ユダヤ人というのは兵役を逃れるのに並はずれた才能を発揮するものだ、と思わせておいた方が楽なのだ。また、多くのユダヤ人がまさに戦時中には市民から反感を招く運命《さだめ》の商売に就いているのも一因だ。たいていのユダヤ人が従事している商売で扱うのは、食料、衣類、家具、タバコといった慢性的に欠乏しがちで、そのために必然的にぼったくりや闇取引、不公正な販売などが起こりがちな商品ばかりである。そのうえユダヤ人は空襲の時に非常に臆病に行動するというよく聞かれる非難が、一九四〇年の大空襲をきっかけにある程度もっともらしく思えるようになってしまった。あいにく最初の猛攻撃に晒《さら》された区域の一つがホワイトチャペルのユダヤ人居住区だったため、当然ユダヤ人の群れはロンドン中のあちらこちらに散らばることとなったからだ。こういった戦時中の現象のみから判断するなら、反ユダヤ主義が間違った前提の上に作られた疑似論理的な考えだと推論するのは容易であろう。しかし、それゆえ反ユダヤ主義者が自分のことを論理的な人間だと考えるのもまた当然なのである。新聞に書く記事でこの問題に触れると、決まってかなりの数の抗議を受けることになる。そしてその抗議の手紙の中には、経済的な不満などまるで無さそうに思える、たとえば医者のような、分別あるそれなりの立場の人からのものが必ず混じっている。こうした人たちは（ヒトラーが『わが闘争』で言ったのと同様に）、自分には反ユダヤ主義的な偏見など最初は全くなかったのだが、あくまで事実を観察した結果、現在の主張に辿り着いたのだ、といつだって言う。しかし反ユダヤ主義の特徴の一つは、おそらくは事実ではありえないような話を信じてしまう能力を持っていることである。一九四二年にロンドンで起こった奇妙な事件がその好例だ。近くで爆弾が炸裂したのに恐れをなして逃げた群衆が、大挙して地下鉄駅の入り口に押し寄せ、その結果百人以上が押し潰《つぶ》されて亡くなった。ところがその日のうちにロンドン中で「ユダヤ人の仕業だ」という噂が繰り返されたのだ。人々がこういうことを信じてしまうようであれば、そんな人たちと議論しても、成果があまり望めないのは明らかだろう。唯一役に立ちそうなアプローチは、彼らが他の問題に関してはまともな判断を維持できるのに、特定の一つの問題に関してのみ、馬鹿げた嘘ですら信じ込んでしまうのはなぜか、それを探ってみることだ。

だが、ここで前に触れた点に立ち返ってみたい。反ユダヤ主義的な感情が人々に広まりつつあることは広く認識されているのに、自分もそうだとは誰も認めたがらないということ。教育を受けた人たちの間では反ユダヤ主義は絶対に許されない罪だとされており、他の種類の人種的偏見とは全くレベルの違うカテゴリーに属すものだと認識されている。自分が反ユダヤ主義者ではないということを証明するためなら、彼らはどんなことだってするだろう。こうして、一九四三年にセントジョンズウッドのシナゴーグでポーランドのユダヤ人のための代禱《だいとう》[2]が執り行われた。地元当局は是非とも参加したいという意向を表明し、式典には官職の印《しるし》の鎖を首にかけローブを身にまとった区長と、全ての教会の代表たちが参列し、英国空軍の派遣隊、国防市民軍兵、看護師、ボーイ・スカウト、その他様々な人々が列席した。この儀式は表面的には、苦境にあるユダヤ人との連帯を表明する感動的なものであった。しかし本質の部分において は、相応《ふさわ》しく振る舞わなければならないとする意識的な努力の成果であり、参加した人々の主観的感情は多くの点で大きく異なっていたに違いない。ロンドンのこの地域にはユダヤ人も居住しており、反ユダヤ主義も蔓延《まんえん》している。そして私にはよくわかったが、シナゴーグで私の周りに座っていた人々の中にもその手の者たちがいた。さらに言うなら、私の属した国防市民軍分隊の司令官は、我々が代禱の式典を

2　代わりに禱《いの》ること。

「是が非でも成功させなければならない」と事前からとくに熱心だったのだが、彼はかつてモーズリーの黒シャツ隊[3]のメンバーだった男なのだ。こうした感情の分離がある限り、ユダヤ人への集団的暴力や、もっと重大な反ユダヤ的な法制が容認されることはイギリスでは起こりえない。もっと言うなら、反ユダヤ主義が人に後ろ指を指されることのない行為となることは、今のところありえない。しかしこれは見た目ほどよいこととは言えなさそうなのだ。

ドイツでユダヤ人が迫害されたために生まれた一つの弊害は、そのせいで反ユダヤ主義がまじめに研究されないままになってしまったということだ。イギリスでは一、二年前に世論調査によって十分とは言い難い簡単な調査が行われたが、この問題に関して他に調査が行われていたとしても、その結果は公開されていないから、厳密に部外秘となったのであろう。同時に、思慮深い人々はみな、ユダヤ民族の敏感な感情を傷つけそうなものはいかなるものでも意識的に抑圧してきた。一九三四年以降「ユダヤ人ジョーク」はまるで手品で消されたかのように絵ハガキや雑誌やミュージック・ホールの舞台から消えてしまい、小説や短編で好ましくないユダヤ人を登場させようものなら、それも反ユダヤ主義と見做《みな》されるようになってしまった。パレスチナ問題に関してもまた、ユダヤ人の言い分を正しいものとして受け入れアラブ人たちの主張を吟味することを避けるのが、進歩的な人たちにとっては社交上欠かせない態度となった。この解決法は、この問題じたいの答えとしては正しいかもしれない。しかし、それが採用された主たる理由は、ユダヤ人が苦境にあるからであり、ユダヤ人に対する批判は許されないという空気があったからだ。それゆえ、ヒトラーのせいで生まれたのは、報道においてはユダヤ人に好意的であるかどうかで事実上の検閲が行われ、その一方でプライベートな生活では、敏感で知的な人の間でさえ、ある程度、反ユダヤ主義が増大してしまったという事態なのだ。これは一九四〇年、難民の強制収容の際に顕著に現れた。ただヒトラーに敵対するがゆえにイギリスにいる、そういう者が大部分を占める不幸な外国人を、全部まとめて一か所に閉じ込めることに反対するのが自分たちの当然の義務であると、理性ある者であれば誰もが感じた。しかし個人のレベルでは全く別の感情が表明されるのが聞こえてきた。移民たちのごく一部に極めて無神経な振る舞いをした者たちがいたのだが、それを非難する感情にはいつだって、

3　オズワルド・モーズリーが結成したファシストの団体。

彼らの大部分がユダヤ人だという反ユダヤ主義的な隠れた感情があった。労働党の非常に著名な人物――名前は出さないがイギリスでもっとも尊敬されている人の一人である――が極めて乱暴なことを私に言った。「こっちから来てくれって頼んだわけじゃないんだ。あいつらが勝手にやってきたからには、責任も自分たちで取ってもらう」。しかし、こんな男でももちろん、外国人の強制収容に反対するいかなる嘆願や声明にも賛同したに違いない。反ユダヤ主義は犯罪的で不名誉であり、教養ある人間であれば感染することはない、というこの感情は、科学的アプローチには向かない。そして多くの人が実際、この問題をあまり深くまで探るのは恐ろしいことだと認めるだろう。つまり、彼らは反ユダヤ主義が広まっているという事実を恐れるのみならず、自分たちもそれに罹患していると発見することも恐れているのである。

このことを大局的に捉えるためには、ヒトラーが浮浪者収容所から出てきたばかりの、無名の絵描きだった数十年前を思い出してみる必要がある。そうすれば、反ユダヤ主義は今でもイギリスで明確に感じられはするが、三十年前のほうが広く流布していたという事実に気がつくだろう。イギリスでは、考え抜かれた人種的宗教的政策としての反ユダヤ主義が花開いたことは、確かにない。ユダヤ人との異人種間結婚への反感も、公職でユダヤ人が目立った地位に就くことへの反発も、さほど強かったことはない。それにもかかわらず、ユダヤ人というのは笑い者であり、知性は高いかもしれぬが「性格」においては欠陥があるという見方が、三十年前にはほとんど自然法則であるかのように広く受け入れられていた。理屈の上では、ユダヤ人だからと法的に権利を奪われるような不利は一切なかったのだが、現実には一定の職業からは締め出されていた。ユダヤ人であれば海軍の士官に推挙されることはおそらくなかっただろうし、たとえば、陸軍の「高級な」連隊にも入れなかっただろう。ユダヤ人の子はパブリック・スクールではまず決まって大変な目に遭った。もちろん並はずれて器量がいいとか運動ができればユダヤ人であっても徐々に人気者になることはできたが、普通はユダヤ人であることは吃《ども》りとか痣《あざ》に匹敵するような生まれつきの欠陥だった。裕福なユダヤ人はイギリス人風やスコットランド人風の貴族的な名前に変えて出自を隠したし、そうすることを一般の人々は、犯罪者が名前を変えて、できるだけ身元を隠そうとするのと同じように、至極当たり前のことだと考えていた。二十年ほど前にラングーンで友人とタクシーに乗ろうとしていた時のこと、ぼろ着を着た色白の少年が大急ぎで我々のところにやってきて、コロンボから船で来たのだが帰るための金が欲しいとややこしい話をし始めた。その話しぶりと外見は正体を「見定める」のが困難なものだったので、私はこの子に尋ねてみた。

「きみの英語はずいぶん立派だな。いったい何人《なにじん》だい？」

少年は上品ぶった発音で元気よく答えた。「ユダヤ人《ジュー》ですよ！」

友人の方を振り返って、なかば冗談、なかば本気でこう言ったのを覚えている。「こいつ、ユダヤ人だってことを隠しもしないぞ」と。それまでに私が会ったユダヤ人たちはみな、自分がユダヤ人であることを恥ずかしく思っている人たちだったし、少なくとも自分の祖先のことは話したがらず、話さなければならない場合にはユダヤ人ではなく「ヘブライ人」ということばを使ったものだった。

ユダヤ人に対する労働者階級の態度も、これに劣らず酷かった。ホワイトチャペル地区で育ったユダヤ人なら誰でも、近隣のキリスト教徒が住むスラムに無謀にも足を踏み入れたりしようものなら、殴られたり少なくとも野次られたりするのは当然のことと考えていたし、ミュージック・ホールや新聞のマンガでの「ユダヤ人ジョーク」はたいていいつだって意地の悪いものだった。[*1] ベロック[4]、チェスタトン、それに続く者たちによって書かれた、大陸に匹敵するほど下劣な、文学の世界でのユダヤ人いじめもあった。そこまで手厳しくなかったとはいえ、カトリックではない作家たちも時として同じように反ユダヤ主義的な書き方をした。チョーサー以来ずっと、イギリス文学には明確に感知できるほどの反ユダヤ主義的な歪みがあり、今立ち上がって書棚を調べなくとも、もし今の時代に書かれたなら反ユダヤ主義の烙印を押されるであろ

*1 （原注）ミュージック・ホールでの別のよくあるネタで表面的にはよく似ている「スコットランド人ジョーク」と「ユダヤ人ジョーク」を比べてみるのは興味深い。よく使われる話、たとえば「ユダヤ人とスコットランド人が一緒にパブに行ったけど両方とも喉が渇いて死んでしまった」は両方の民族を平等に扱っているけれども、しかし一般的にユダヤ人は単にずる賢く強欲だとされているのに対して、スコットランド人は肉体的に逞しいという特性も付与されている。次の話のように。「ユダヤ人とスコットランド人が参加費無料だという広告を見てある会合へと参加した。予想に反して寄付金が集められることが判明し、寄付金を払うのを逃れるためにユダヤ人は失神し、スコットランド人はユダヤ人を担いで外に運び出した」ここで、スコットランド人はユダヤ人を担ぐという肉体的な強さを発揮している。もしこの話のユダヤ人とスコットランド人が逆だったなら、なんとなく変な感じがするだろう。

4 フランス生まれの英国の作家・詩人。子ども向けの詩集でもっとも知られる。

う一節が、シェイクスピア、スモレット、[5]サッカレー、[6]バーナード・ショー、[7]H・G・ウェルズ、T・S・エリオット、オルダス・ハクスリー[8]等々の作品にあったのを思い出すことができる。一方、ヒトラーの出現以前に、ユダヤ人を擁護しようという姿勢を明確に見せた作家として即座に思い出せるのは、ディケンズ[9]とチャールズ・リード[10]だけだ。そして、平均的知識人はベロックやチェスタトンの意見にほとんど与《くみ》しなかったとはいえ、それを強く非難することもなかったのだ。チェスタトンは薄っぺらな言い訳に基づいて小説やエッセイに強烈なユダヤ人非難を数限りなく押し込んだが、それが原因で苦境に陥ることは一度としてなかった。それどころか彼はイギリス文学の世界では一般的にもっとも尊敬されている作家の一人であった。同じような偏見に満ちたものを今日書く者がいたならば、非難の嵐に見舞われずには済まないし、おそらくは出版できない可能性が高い。

私が論じてきたように、イギリスでは昔から常にユダヤ人に対する偏見がかなりの範囲で蔓延していたとするなら、ヒトラーの出現によってそれが減じたと考える理由は全くない。ヒトラーの出現はただ単に、今はユダヤ人に石を投げるべき時ではないと理解できる政治的な意識のある人間と、生まれもっての反ユダヤ主義を戦争の緊張によって増大させた無意識的な人間とを、はっきり分けただけである。だから自分が反ユダヤ的感情を持っていると認めるくらいなら死んだほうがましだと考える多くの人にも、ひそかな反ユダヤ主義的傾向はあると考えるのが妥当であろう。反ユダヤ主義は本質的には神経症でしかないと私が信じていることはすでに示したが、この神経症では理屈による正当化も行われていて、まじめに信じ込まれている要素もあれば、ある程度正しい事実もないではない。一般的な人によって行われている正当化は、ユダヤ人が他人を搾取する民族だという見方だ。イギリスのユダヤ人は一般的に小規模の商売に従事しているという事実が、この説をもっともらしくしている。しかしそれ

5 十八世紀英国の小説家。『ロデリック・ランダム』など。
6 ディケンズと並びヴィクトリア朝を代表する小説家。『虚栄の市』など。
7 アイルランド生まれの劇作家。ノーベル文学賞受賞。
8 英国の小説家。ディストピア小説『すばらしい新世界』で知られる。オーウェルはイートン校で教師をしていたハクスリーにフランス語を習っている。
9 英国の国民作家。『大いなる遺産』『クリスマス・キャロル』など。
10 十九世紀英国の小説家・劇作家。

は小規模の商売の方が、たとえば銀行や保険会社がするよりも、人を食い物にする様子が明白で目につきやすいからに過ぎない。もっと知性が高い人たちの間では、ユダヤ人は政府への不満を撒き散らして国家の士気を弱めるのだと言って、反ユダヤ主義を正当化する人がいる。この説に関しても正しさを主張しようとする皮相な議論はある。過去二十五年の間「知識人」と呼ばれる人たちの活動ぶりはだいたいにおいて有害なものであった。知識人がもう少しましな仕事をしていれば一九四〇年にイギリスは降伏していただろう。そう言っても大袈裟ではないと私は思っている。しかし不満を抱《かか》えたインテリの集団にはいつでも多くのユダヤ人が含まれていた。そのため、ユダヤ人は我々の固有の文化と国家的士気に対して敵対するのだ、という主張も多少はもっともらしく聞こえる。注意深く検討してみればそのような言い草はナンセンスなのだが、こういう考えを支持する著名な人物がいつだっている。レフト・ブック・クラブ[11]に典型的に見られるような三十年代の十年間に流行《はや》った浅薄な左翼思想に対する、反撃に等しい行為がここ数年見られる。この反撃（たとえばアーノルド・ランの『善良なゴリラ』やイーヴリン・ウォーの『もっと旗を』を見よ）には反ユダヤ主義的な傾向があり、主題がそこまで明白に危険でなかったならばおそらくもっと注目を集めていただろう。たまたまこの数十年間イギリスには注意しなくてはいけないようなナショナリストのインテリがいなかった。しかしイギリスのナショナリズム、すなわち知的な種類のナショナリズムは生き返るかもしれないし、イギリスが現下の戦争で大いに弱体化した場合には、まず確実に生き返ることだろう。一九五〇年代の若き知識人たちは、一九一四年の若き知識人たちと同じように、単純な愛国者になるかもしれない。そうなれば、フランスでドレフュス擁護派に反発して起こったような、そしてチェスタトンやベロックがこの国に輸入しようとしたような類《たぐい》の、反ユダヤ主義が足場を得てしまう可能性もある。

反ユダヤ主義の起源に関する厳密な理論を、私は持ち合わせていない。経済的な要因のせいである、というのと、中世から連綿と続く遺産なのだという、現在よく言われる二つの説明は、両者を組み合わせれば事実を網羅することはできるとはいえ、私にはあまり満足のいく説明には思えない。確信を持って言えるのは、反ユダヤ主義とは、いまだ真剣に検討されたことがない、もっと大きなナショナリズムに関する問題

11 ヴィクター・ゴランツによる英国の左翼読者クラブ。

の一部分であるということ、そしてユダヤ人は明らかにスケープゴートであるということだけだ。もっとも何のスケープゴートにされているのかは我々にはまだわかっていないのだが。このエッセイにおいて私は、ほぼ全面的に自分の限られた経験だけに基づいて議論してきたし、私が出した結論はいずれも他の論者によって否定される可能性がある。実際のところこの問題に関してはほぼデータが存在しないのだ。しかし、役に立つかはわからないとはいえ、自分の意見を要約しておこうと思う。煎じ詰めるなら以下のようになろう。

私たちが進んで認める以上にイギリスには反ユダヤ主義が蔓延しており、戦争がそれを強めた。しかし一年単位ではなく十年単位で考えるなら、それがより広まっているとは判断し難い。

今のところ反ユダヤ主義が公然たる迫害を引き起こしてはいないが、外国でのユダヤ人の苦境にイギリス人が冷淡になるという影響は出てきている。

反ユダヤ主義は根底において理屈に基づいたものではないため、議論によって論破することは不可能である。

ドイツにおけるユダヤ人の迫害は、反ユダヤ的感情の大規模な隠蔽を引き起こしたため、この問題の全体像がわかりにくくなっている。

この問題は真剣に調査される必要がある。

最後の点だけはより詳しく説明しておこう。いかなる問題でも科学的に考察するためには、自分の個人的立場から離れた姿勢で立ち向かう必要があるが、その問題に自分の興味や感情が含まれている場合には、そうするのが難しいのは当然であろう。ウニに関してとか、あるいは2の平方根に関しては客観的でいられても、自分の収入の出所について考えねばならないとなると支離滅裂になってしまう者はいくらでもいる。反ユダヤ主義について書かれたほぼ全てのものの価値を減じてしまっているのは、書き手の心の中にある、自分だけはそれに感染するはずがないという思い込みなのだ。彼は言うだろう、「反ユダヤ主義は非合理的だとわかっている。それゆえに私はそれを信じることはない」。こうして彼は、信頼するに足る証拠を手に入れられる唯一の場所から検証を始めるのに失敗してしまう。その場所とは、彼自身の心の中なのだ。

漠然とナショナリズムと呼ばれている病が今や世界中に蔓延しているという想定は間違ってはいまい。反ユダヤ主義とはナショナリズムの一症例であり、全ての人がこの形態で発症するわけではない。たとえば、ユダヤ人が反ユダヤ主義者になることはない。しかしシオニストのユダヤ人は、私に言わせれば単に反ユダヤ主義を裏返しにしたものに思える。これは多くのインド人や黒人が通常の肌の色による差別を裏返した形で差別を行うのと似ている。要するに、現代文明には何か、精神的ビタミンのようなものが欠けていて、その結果我々はみな、不思議なことに、ある人種やある国全体が善良であるとか邪悪であると信じてしまう精神的異常に、多かれ少なかれ罹《かか》りやすくなっているのだ。現代の知識人なら誰でもよい、自分の心中を詳細に正直に検討してみるなら、ナショナリスティックな忠誠心やなんらかの憎悪が存在することに気づくはずである。きっとそれは厄介なものだ。誰もがそういったナショナリスティックな忠誠心や憎悪に心情的に引き寄せられることがあるというのが事実であり、その事実をそのまま冷静に見てこそ知識人という立場でいられるのだ。ゆえに、反ユダヤ主義に関するいかなる考察も、その出発点は「なぜ人々はこのように明らかに非論理的な考えに惹かれてしまうのだろう?」ではなく、「なぜ私は反ユダヤ主義に惹かれてしまうのか?」その中にある何が私には本当のように感じられるのか?」であるべきだというのはわかるだろう。もしこのような問いを自らに課すなら、その人は少なくとも自分自身がいかに理屈づけ自己弁護しているかを発見し、その表面の下に何があるのかを発見することもできるかもしれない。反ユダヤ主義は検討されるべきである。検討されるべきではあるが、それは反ユダヤ主義者によってではなく、その手の感情に自分も感染しかねないとわかっている者によってなされるべきだ。ヒトラーが消えたのだから、これからはこの問題の真の探求が可能になるだろう。そしてその探求は反ユダヤ主義の誤りを暴くことからではなく、自分の心と他の全ての人の心の中に見られる、反ユダヤ主義の正当化、その全てを整理して列挙することから始めるのが最良であろう。そうすることで反ユダヤ主義の心理学的根源へと繋《つな》がる手掛かりを何か得られるかもしれない。とはいえ、より大きな病であるナショナリズムを治療することなしに、反ユダヤ主義が決定的に完治しうるとは、私には思えないが。

（一九四五年）

Ⅳ

おいしい一杯の紅茶

どれでもいい、お手元にある料理本を開いて「紅茶」の項目を探していただきたい。きっと載っていないことと思う。あったとしてもせいぜい紅茶の淹《い》れ方についての簡単な指南くらいで、最重要事項についての決定的見解は載っていないはずだ。

これはおかしなことではないか。紅茶が、エール、オーストラリア、ニュージーランドとこの国の文明の大黒柱を担っているという点から考えてもおかしいが、いかにして紅茶を淹れるのが最良なのかが激しい論争の的となっているという事実に鑑みても、紅茶に関する記載がないのは奇妙である。

完璧な一杯の紅茶を淹れるための私自身の手順を振り返ってみると、十一もの特筆すべき点があった。そのうちおそらく二つに関してはかなり一般的な合意が得られているが、少なくとも他の四つの点に関しては激烈な議論が交わされている。以下に私家版の十一のルールを挙げる。いずれもが鉄則である。

第一に、インド産かセイロン産の茶葉を使用すべし。中国産も最近では馬鹿にできない長所があって、なにしろ安価だし、ミルクなしでも飲めるのがいいところなのだが、残念ながら刺激が足りない。中国産では、飲んだ後に頭がよくなった感じがしたり、勇気がわいたり前向きになったりしないのである。「おいしい一杯の紅茶」というあのほっとするフレーズを口にする人が指しているのは、いつだってインド産の紅茶のことなのだ。

第二に、紅茶は少量で淹れる、つまりはティーポットで淹れるべし。蛇口のついた金属製の紅茶沸かしで淹れた紅茶はいつだって風味が薄いし、大釜で淹れた軍隊式の紅茶は油や塗料のような味がする。ティーポットは磁器か陶器に限る。銀器やブリタニアウェアだと味が落ち、琺瑯《ほうろう》のポットだとさらに不味《まず》い。ただし不思議なことに、今では珍しくなった錫《すず》のポットはそれほど悪くない。

第三に、ポットはあらかじめ温めておくべし。これは、よくやるように中にお湯を入れてすすぐよりも、ポットじたいをレンジに載せるほうがよい。

第四に、紅茶は濃く淹れるべし。一クォート入るポットで溢れるギリギリまでお湯を入れる場合、ティースプーンで山盛り六さじの茶葉が適当である。配給でしか茶葉が手に入らない時代には、週七日毎日これだけ茶葉を使うのは無理な相談ではあるが、二十杯の薄い紅茶を飲むよりも、一杯でいいから濃いのを飲む方がいい、ということは強く主張したい。本物の紅茶好きであれば濃い紅茶を好むだけでなく、年を重ねるごとに少しずつより濃い紅茶を好むようになるものだ。高齢の年金受給者に対する配給が割り増しになっていることを見ても、このことはわかるだろう。

五番目に、茶葉はポットに直接入れるべし。茶葉の自由を奪うストレイナーやモスリンのティーバッグなどの道具に閉じ込めてはならない。茶葉を飲み込むのが有害だと思われているために、流れ出てきた茶葉を受け止める小さな籠状のものをポットの注ぎ口の下にぶら下げている国もある。しかし実際には紅茶の葉はかなりの量を飲みこんでも体に害はないし、茶葉はポットの中で自由に動き回れないとうまく味が出ないものなのだ。

六番目に、薬缶《やかん》をティーポットに近づけて湯を注ぐのではなく、ティーポットを薬缶のほうに持って行くべし。お湯は茶葉に触れるその瞬間にも沸騰していなくてはならず、ということは注いでいる間もお湯が火にかかっていなくてはならない。沸かし直しではなくて初めて沸かしたお湯でなければならないとまで言う人もいるが、それで違いがあると感じたことは、私はない。

七番目に、紅茶ができたあとに掻き混ぜる、あるいはさらによいのはポットを揺らして、そののちに茶葉が沈むまで待つべし。

八番目に、紅茶はモーニングカップで飲むべし。つまりは円筒形のカップで、平らな浅いやつではないカップのことだ。モーニングカップの方がたくさん入るし、浅いカップだと飲み始める前からいつでも冷めかけてしまっているものだ。

九番目に、紅茶に入れる前にミルクからクリーム成分を取り除くべし。クリーム成分の多すぎるミルクを入れると決まっていやな味になってしまう。

十番目に、カップには先に紅茶を注ぐべし。これは取り分け意見の分かれるポイントである。実際のところイギリスの全家庭にわたってこの点に関して二つの流派が存在している。

ミルク先入れ派もかなり強力な主張を持ち出すことが可能ではあろうが、私の説には反論の余地はないだろう。紅茶を先に入れてそれからミルクを注いで掻き回すなら、ミルクの量をかなり正確に調節することができるが、順番が逆となると概してミルクを入れすぎてしまいがちなのだ。

最後の一点、ロシアンスタイルで飲むのでない限り、紅茶は砂糖なしに限る。自分がこの点で少数派であろうことは承知している。しかしそれでも、紅茶の風味を砂糖でぶち壊しにするような人間を本当の紅茶愛好家と果たして呼べるものだろうか。それでは胡椒や塩を入れても同じではないか。

ビールが苦いものと決まっているように、紅茶も苦いものなのだ。砂糖で甘くしてしまえば、もはやそれは紅茶を味わっているのではなく、ただ砂糖を味わっているに過ぎない。ただのお湯に砂糖を入れても同じような飲み物を作れるくらいだ。

紅茶そのものが好きなのではなく、自分は体を温めたり刺激を得るために飲むのだ、だから紅茶の味を消すために砂糖が必要なのだ、とおっしゃる方もいるだろう。このようなお門違いの向きにはこう言って差し上げよう。まあ、二週間ほどでいいから砂糖抜きで紅茶を飲んでみたまえ、そうすれば砂糖で甘くして紅茶を台無しにしようなどとは、おそらく二度と思わないはずだ。

紅茶の飲み方について持ち上がる論点はこれで全てではないが、紅茶の淹れ方、飲み方にまつわるあれやこれやがいかに細かく議論されているかお示しするには十分であろう。

ティーポットに関連する不思議な社会的エチケット（たとえば、なぜ受け皿から紅茶を飲むのは、はしたないとされるのか、など）もあるし、運勢占い、来客の有無を占う、ウサギの餌《えさ》にする、火傷《やけど》に当てる、カーペットの掃除に使う、といった茶葉の二次的用法についても書くべきことはたくさんあるだろう。

ポットを温めるとか、十分に沸騰しているお湯を用いるとか細部に気を配ることも大事である。配給の二オンスの葉っぱでもちゃんと淹れれば作れるはずの、二十杯の濃いおいしい紅茶を確実に絞り出すためには。

（一九四六年）

本対タバコ

（一ポンドは二〇シリング。一シリングは一二ペンス。現在の換算で一ポンドは約一五〇円、一シリングは七・五円、一ペンスは〇・六二五円、クラウン硬貨は五シリングなので三七・五円）

友人の新聞記者が数年前に工場労働者たちと火災監視をしていたときのことだ。話はなんとなく彼の勤めている新聞社の話になり、工場労働者たちの大部分はその新聞を読んでいて好意的な印象を持っていたのだが、文芸欄についてどう思うかと友人が聞いてみると、こんな答えが返ってきた。「俺たちがあんなの読むなんて思っちゃいないだろ？　あそこで話題になっている本ってのはだいたいいっつも十二シリング半もするような代物じゃねえか！　俺たちゃ本に十二シリング半もかけられるほどいいご身分じゃねえよ」。友人が言うには、この労働者たちはブラックプール[1]に日帰り旅行をするのに数ポンド出費することはなんとも思わないのだそうだ。

　本を買うことや、あるいは読むことでさえ、金のかかる趣味で平均的な人間には手が届かないという考えは、とても広く信じられており、詳しく検討してみる価値がありそうだ。読書にどのくらいお金がかかるのか、一時間当たり何ペンスになるのか、という計算は見積もりが難しいが、まずは自分が所有している本の総計を数えて、その価格の合計を出すことから始めてみよう。他の様々な経費を除いた後で、過去の十五年間にかかった費用をかなり正確に割り出すことができるだろう。

　まず数えて価格を出してみたのは、このアパートにある本である。だいたい同じくらいの数の蔵書を別の場所に置いているので、完全な数字を出すためには最終的な数字を倍にするつもりである。校正刷り、ボロボロになって読めない本、安価なペーパーバック、パンフレットや雑誌は、製本されていない限り数に入れなかった。食器

1　イングランド北西部にある英国最大の保養地。

棚の一番下に溜まっていた昔の学校の教科書などのクズ本も入れていない。数に入れたのは自分から求めて入手した本、あるいは人からもらったもののうち、もらわなければ自分で買っていたであろう本、そして捨てずに置いておきたいと思う本のみである。このカテゴリーに入る本を私は四百四十二冊持っていて、その入手ルートは以下のとおりである。

購入したもの（だいたいは古本）二百五十一冊
もらったものや図書券で買ったもの　三十三冊
書評用の本や献本　百四十三冊
借りてまだ返していない本　十冊
有料図書館から貸し出し中のもの　五冊
計　四百四十二冊

次に価格の算出方法である。自分で購入した本はわかる限り定価で値付けした。人からもらった本も定価にし、一時的に人から借りている本や借りっぱなしになっている本も同様に計算した。そのわけは、あげたり借りたり、借りたまま自分のものにしてしまう本というのは、多かれ少なかれ差し引きゼロだと言えるからだ。私の手元には厳密に言うと私の所有物ではない本が存在するが、同様に他の人たちも私の所有物である本を持っている。ゆえに自分で代金を払っていない本であっても、自分で買ったが今では手元にない本があることを考えれば相殺される。その一方で書評用の本や献本は半額で計算した。古書で買ったらそれくらいの値段であろうし、これらの本は、もし買うことがあっても古書でなければきっと買わない本だからだ。値段に関しては勘に頼らねばならないこともあったが、おそらく大きく外れてはいまい。費用の内訳は以下のとおりである。

購入　三六ポンド九シリング
もらったもの　一〇ポンド一〇シリング
書評用ほか　二五ポンド一一シリング九ペンス
借りて返していないもの　四ポンド一六シリング九ペンス
貸本　三ポンド一〇シリング

書棚　二ポンド
総計　八二ポンド一七シリング六ペンス[1]

他の場所に持っている一群の本を加えると、私は全部で約九百冊の本を所有していることになり、その費用は一六五ポンド一五シリングになる。これが約十五年間で集めた本とその費用である。なかには子ども時代から持っている本もあるから、実際には時間はもっとかかっている。とはいえ、まあ十五年ということにしておこう。これを計算すると年間一一ポンド一シリングの出費になるが、私の読書費用全体を求めるにはさらに加えるべき費用がある。最大のものは新聞や雑誌で、この分野の出費は年八ポンドというのが納得のいく数字だろう。年に八ポンドあれば二つの日刊新聞、夕刊一紙、日曜新聞二つ、週刊の評論雑誌一つに、月刊誌を一誌か二誌購読することができる。これを足すと一九ポンド一シリングになるが、費用の総計を出すにはちょっとした推測が必要になってくる。記録の全く残らないような読書も人はするものだからだ。有料図書館の購読費、ペンギン（ブックス）その他廉価版の本のように、買っても失くしてしまったり捨ててしまったりする本もある。だが、他の数字をもとに考えるなら、この手の出費に加えるには年六ポンドが妥当に思える。よって、過去十五年間の私の読書費用の総計は、年間二五ポンドくらいということになろう。年間二五ポンドとはかなり大きな額に思えるが、そう思えるのも他の種類の費用と比べてみるまでのこと。この額は週で割れば週九シリング九ペンスで、現在九シリング九ペンスは約八十三本のタバコ（プレイヤーズ）と同額である。もっとタバコが安かった戦前でも二百本も買えなかっただろう。今現在の価格で考えるなら、私は本よりもタバコに遥かに多くの金を使っている。私は週に六オンスのタバコを吸い、一オンスは半クラウンなので年にすれば四〇ポンドになる。同じタバコ一オンスが八ペンスだった戦前でも、年に一〇ポンド以上タバコに使っていた。また、平均して一日一パイントのビールを六ペンスで飲んでいて、この二つの品を合わせると年二〇ポンド近くかかっていたことになるだろう。たぶんこの数字は国民平均よりさほど高くないはずだ。一九三八年にはこの国の人々はアルコールとタバコに一人当たり平均一〇ポ

1　初出の『トリビューン』掲載版では「もらったもの」「貸本」の数字がそれぞれ六ペンス多いが、合計額が合わないので本書ではペンギン版の数字を採用している。

ンド使っていた。とはいえ人口の二〇パーセントは十五歳未満の子どもで、四〇パーセントは女性なので、平均的喫煙者や飲酒者は一〇ポンドより遥かに多く使っていたはずである。一九四四年にはこの二つの嗜好品の一人当たりの支出は二三ポンドにもなった。前の例同様女性と子どもが含まれていることを考慮に入れれば、個人の消費額としては四〇ポンドが妥当なところだろう。年間四〇ポンドあれば「ウッドバイン」のタバコ一パックを毎日吸い、「マイルド」のビール半パイントを週六日飲むことが可能だが、それほど豊かな分量とは言えまい。もちろん今ではすべての商品価格がインフレを起こしており、本の価格もご多分に漏れない。それでも読書の費用は、本を借りるのではなく買い、かなりの数の雑誌を加えたとしても、喫煙と飲酒を合わせた額を超えることはないのである。

本の価格とそこから読者が得る価値の関係を体系づけるのは困難である。「本」には小説も詩も、教科書もあれば、参考書や社会学的論文その他いろいろあり、本の長さと価格は対応しない。いつも中古で本を買っている場合は特にそうだ。五百行の詩に一〇シリング払うこともあれば、二十年のうちに折に触れて開く辞書を六ペンスで入手するかもしれない。何度も何度も読み返す本もあれば、心の中の家具の一部となって人生に向かう姿勢そのものを変えてしまうような本もあるし、ちょっとだけ目を通して読み終わることのない本もあれば、一息で読んでしまったのに一週間後には何も覚えていない本もある。それが、お金という面でのコストにおいてはすべて同一かもしれないのだ。しかし、もし読書を映画に行くのと同じような単なる娯楽と見做《みな》すのであれば、経費の概算は可能だ。もし小説や「軽い」文学のみを読み、その本を全て買うのであれば、本の値段を八シリング、読むのにかかる時間を四時間として、一時間につき二シリング使っていることになる。これは映画館で高いほうの席に座る料金と同じくらいである。もっと難しい本ばかりにして、それでもまだ全部の本を買うとしても、時間当たりにかかる費用は同じくらいだろう。そういう本は値段も高いが読むのにかかる時間も長いからだ。どちらの場合でも、読み終わった後にも本は残り、買った時のだいたい三分の一の値段で売ることも可能だ。もし古書しか買わないのであれば、もちろん読書にかかる費用はもっと少なくなる。おそらく一時間当たり六ペンスというのが妥当なところだろう。はたまた本を買うことなく、貸本屋から借りるだけなら、一時間当たりの費用は半ペニーといったところだろう。ましてや公共図書館から借りる場合には、かかる費用はほぼゼロである。

ここまで言ってきたことで、読書が比較的お金のかからない娯楽であること、ラジオを聴くことに次いでおそらくもっとも費用がかからない娯楽だということはおわかりいただけたと思う。それでは、イギリスの大衆が実際に本に使っている金額とはいかばかりか？　具体的な数字は存在するに違いないのだが、残念ながら見つけられなかった。しかし、戦争前にこの国では、再販本と学校の教科書を合わせて年間一万五千点の本が出版されていた。もしそのそれぞれの本が一万部も売れたなら——学校の教科書も入っているとはいえ、これはおそらく高い見積もりだ——平均的市民は直接間接にかかわらず年間たった三冊しか本を買っていないことになる。その三冊の費用は合計しても一ポンド、あるいはそれ以下である。

これらの数字は当て推量であり、誰かが正しく訂正してくれるというなら喜んでそれを受け入れよう。しかし私の見積もりが多少なりとも正しいならば、ほぼ一〇〇パーセントの市民が文字を読めて、普通の男がインド人農民の生涯賃金より多額の金をタバコに費やす国にとって、誇れる記録ではない。そしてわれわれの本の消費が過去同様に低いままであるならば、少なくとも我々は認めなければならない。本の消費が少ないのは、読書がドッグレースや映画やパブほどにエキサイティングな娯楽ではないからであり、買うのであれ借りるのであれ、本の値段が高すぎるためではないのだ、ということを。

（一九四六年）

なぜ書くか?

とても幼かった頃、おそらく五歳とか六歳の頃から、大きくなったら自分は物書きになるのだろうとわかっていた。だいたい十七歳から二十四歳までの時期にはこの考えを捨て去ろうと努めたのだが、そうしている時にも自分が本来の性質を曲げようとしていることは意識していたし、遅かれ早かれ腰を落ち着けて本を書かなければならなくなるはずだ、ということも感じていた。

私は三人きょうだいの真ん中に生まれたが、上とも下とも五歳離れていて、また、八歳になるまでは父とも滅多に会うことがなかった。これも理由だし他にもいろいろ理由があって、私はいささか孤独な子どもであったのだが、すぐのちに身につけてしまった人を不快にさせるいくつかの癖のせいで学校時代を通して人気のない子だった。孤独な子どもによくある、お話を作り出しては想像上の人物と会話をする癖があり、まさにはじめの取っ掛かりの部分から、私の文学的野心は、自分が孤立していて過小評価されているという思いと入り混じったものであった。自分がことばの使い方が上手で、不愉快な事実にも正面から向き合う力があるというのはわかっていて、この能力によって、日々の生活での失敗の埋め合わせとなる、ある種個人的な世界を作れるのだと感じていた。とはいうものの幼少期と少年時代全体を通して私が生み出した真剣な――言うなれば意図において真剣な――書き物の量はたった六ページにも満たないであろう。最初に詩を書いたのは四歳か五歳の時で、口で言うのを母親が書き取ってくれた。それが虎に関する詩で、その虎は「椅子のような歯」をしていると書いたこと以外は何も覚えていない。これはなかなかのフレーズだったと思うが、おそらく詩じたいはブレイクの「虎よ！　虎よ！」の盗作だったのだと思う。[1]十一歳の時に一九一四年から一九一八年まで続く戦争が勃発し、私は愛国的な詩を書いて、それが地元の新聞に載り、二年後にはまたキッチナー元帥の死についての詩を書いてそれも

1　英国の詩人・画家、ウィリアム・ブレイク。『無垢と経験の歌』（一七九四年）に収められた、この一節で始まる「虎」という詩はよく知られている。

載った。もう少し年がいくと時折、下手くそでたいてい未完に終わる「自然詩」をジョージ王朝風に書いた。また、二度ほど短編小説も書いてみたが、ひどい失敗作であった。以上がこの時代に私が実際に紙に書きつけた真剣なつもりの作品の全てである。

とはいえ、この時期全体を通じて私はある意味文学的活動に関わっていた。まず一つには、人から頼まれて書いたものがあって、そういうのは手早く苦労もなく仕上げたものの、書いていてもあまり喜びはなかった。学校で書いたものの他に、座興詩、喜劇風の詩なども書き、今となっては自分でも驚くくらいの速さで書き上げたものだ。十四歳の時にアリストファネス[2]を真似た韻文劇をほぼ一週間で仕上げ、学内雑誌の編集を原稿と校正の両方の段階で手伝った。この雑誌は想像しうる限りもっとも哀れな文学擬《もど》きだったので、現在安っぽいジャーナリズム記事を書くよりも遥かに易々と書き上げたものだ。しかし、これらの全てと並行して、十五年かそこら、私は全く別の種類の文学的研鑽も積んでいた。それは自分自身についての連続した「物語」、心の中だけに存在するある種の日記を作り上げることだった。これは子どもや十代の青年にはよくあることだ。まだ幼かった頃には自分がロビン・フッドだと想像し、手に汗握る冒険の主人公だと空想したが、すぐに私の「物語」はナルシシスティックであることをやめ、ぶっきらぼうにも自分のすることと目にするものの単なる描写へと次第に変化していった。一度につき数分間、この手の物語が私の頭の中を駆け抜ける。「彼はドアを押して開け、部屋へと入る。モスリンのカーテン越しの黄色い太陽の光がテーブルの上に傾き、そこにはマッチ箱が半ば開いた状態でインク壺の横に置いてある。右手はポケットに入れたままで彼は部屋を横切って窓際に行く。眼下の通りでは鼈甲《べっこう》色の猫が落ち葉を追いかけている」等々。この習慣は二十五歳になる頃まで、私の非文学的人生の間もずっと続いていた。私はいつもぴったりくる言葉を探さなければならないと感じていたし、実際一生懸命に探しもしたのだが、こういう描写の練習を自分の意志からというよりはそれに反して、ある種外部からの強制のもとに行っていたような気がする。思うに私の「物語」は、その年齢に応じて私が憧れた様々な作家たちの文体を反映していたに違いないが、覚えている限り、常に変わらず描写の質は細かかった。

2　古代ギリシャの喜劇作家。『雲』『騎士』など。

十六歳の頃に突然単なることばじたいの楽しさ、すなわちことばの音とことば同士の繋がりの楽しさに目覚めた。たとえば『失楽園』のこの二行

So hee with difficulty and labour hard
Moved on: with difficulty and labour hee,

こうやって彼は激しい困難と辛酸をなめながら進んでいった、
――まさに、それは困難と辛酸の極と言えるものであった[3]！

今ではさほど素晴らしいとは思えないこの部分だが、当時読んだ時は背中に震えが走った。さらにはheをheeと書くのが、またよかった。モノを描写する必要性に関しては、すでに万事わかっていた。だから、自分がどういう種類の本を書きたかったのかは、当時私が本を書きたかったのだと言える限りにおいては、はっきりしている。私が書きたかったのは、不幸な結末を迎える巨大な自然主義小説で、詳細な描写や印象的な比喩で満ち、そしてある意味音の響きのよさのためだけにことばが用いられるような、絢爛《けんらん》たる文章が満載な、そういう小説だった。実際私の最初の完成した小説

作品で、三十歳の時に書いたが遥か以前から計画されていた『ビルマの日々』は、この手の本に入ろう。

こうした背景の情報を明かすのは、ひとえに作家の初期の発達段階について知ることなしにその作家を動かしているものを評価することなどできないと思うからだ。作家が扱う主題はその生きている時代によって決定される。少なくとも私たちが今生きているこの騒々しく革命的な時代にあってはそうだ。しかし、書き始めるよりも前から作家というのはすでに、いつまでたっても完全に逃れることは不可能な、感情的態度というものを獲得しているものなのだ。自分の性質を訓練し、未成熟な段階やひねくれた気分から抜け出せなくなったりしてしまうのを避けるのは、間違いなく作家自身の仕事である。しかし作家を志した初期に受けた影響から完全に抜け出してしまうなら、その時には書きたいという衝動さえも無くなってしまっていることだろう。生活費を稼がねばならないという必要性を除くなら、書くことや、少なくとも散文を書くことの背後には、四つの大きな動機があると私は思う。作家によってそれぞれの度

3　平井正穂訳（筑摩書房、一九七九年）より。

合いは異なるし、一人の作家においてもこの四つの割合は、生活の置かれた環境次第で、時とともに変化していく。その四つとは以下である。

1. 単なるエゴイズム　人に賢く思われ、人の噂に上りたい、死んだ後も名前を覚えられていたい、子どもの頃に冷たい仕打ちをした人間に大人になってから恨みを晴らしたい、などなど。こういったことが動機、しかも強い動機である、ということを認めないのは大ウソだ。作家というのはみなこういう性質を、科学者、芸術家、政治家、法律家、兵隊、成功した実業家など、言ってみれば人間世界の一番外側の層の部分にいる者たちと共有しているのである。人類の大部分の者たちはさほど利己的ではない。だいたい三十歳を超えると個人的野望を捨て去り——たいていの場合は本当に個人であるという感覚さえほとんど捨ててしまう——あくせく働く仕事のおかげで息も絶え絶えに、概して他の者のために生きていく。しかし最後まで自分自身のために生きようと決意した、才能に恵まれ、かつわがままな人間というのも少数ではあるが存在し、作家はこの層に属す。真剣な作家というのは一般的にジャーナリストに比べて金には無頓着だが、より虚栄心が強くて自己中心的であると思われる。

2. 美的熱意　自分の外の世界にある美を知覚すること、そしてその一方で、ことばとその正しい並びの美しさを知覚すること。一つの音が別の音に与える衝撃、よい散文のカチッとした感じや、うまく書かれた物語のリズムの良さに感じる喜び。価値があり取り逃がしてはいけないと思うような経験を他の人とも分かち合いたいという欲望。美的な動機の薄い作家も多いが、政治的なパンフレットや学校の教科書を書く人であっても、実用性とは別の理由でなぜだか魅力的に感じてしまうお気に入りのことばやフレーズがあるものだ。あるいは活字の組み方や余白の取り方などに強く惹かれる者もいよう。鉄道案内書以上のレベルにおいては、いかなる形態の本も美的関心から逃れることはできない。

3．歴史的衝動　ものごとをありのままに見ること、本当の事実を見つけ出し、続く世代が使えるように保存しておきたいという欲望。

4．政治的な目的（ここでの「政治的」ということばは可能な限りもっとも広い意味で使っている）世界をある決まった方向に進ませたい、努力していかなる社会を実現するべきかについて他の人の考えを変えさせたいという欲望。もちろんいかなる本も政治的なバイアスから逃れえないのは言うまでもない。芸術は政治と無関係であるべきだという意見もそれじたい政治的態度であろう。

これら様々な衝動がお互いにぶつかり合って、人によって、そして時によって変動せざるをえないことはご理解いただけるだろう。「性質」というものが、人が大人になった時点で獲得している状態のことだとするならば、私は「性質」から言って最初の三つの動機が四番目の動機よりも強い種類の人間である。もし平和な時代に生まれ落ちていたならば、私は華麗な文体とかあるいは単に記述的な本を書いていたかもしれないし、自分の政治的忠誠心のありかがどこにあるのかもあまり意識しなかったかもしれない。しかし現実のこの時代においては、私はある種の政治的パンフレット書きであることを強《し》いられている。まずは五年間を向いていない仕事（ビルマでのインド帝国警察の警官）に費やし、それから貧困と挫折を経験した。この経験によって私は生来の権威嫌いをさらに強め、人生で初めて労働者階級の存在を大いに意識するようになったし、ビルマでの仕事は帝国主義の本質をある程度理解させてくれた。とはいえこれらの経験は私に正確な政治的指針を与えてくれるにはまだ十分ではなかった。それからヒトラーが現れ、スペイン内戦が起こった。一九三五年の終わりまでにはまだ固い決心には到達しないままであった。そのころ自分のジレンマを表したこんな詩を書いたのを覚えている。

二百年前に生まれていたなら
私は幸せな教区牧師になっていたかもしれない
永遠の運命について説教をし
クルミが育つのを見守って

なのに、ああ、私は悪い時代に生まれた
あの心地よい安息の場所も失った
私の上唇の上にはヒゲが生え
聖職者たちは顔をきれいに剃っているのだから

もっとあとの時代でもよかった
私たちは気立てがよく
やっかいな考えは樹木の合間に
子どもをあやすように揺すって寝かしつけた

まったくもってものを知らないまま
いまでは装うばかりの喜びを向こう見ずにも持っていた
リンゴの木の枝のうえにとまったアオカワラヒワでも
私の敵を震えさせることができた

でも、少女たちのおなかとアプリコット
小川の日のあたらぬ場所にたゆたう魚
馬や明け方に飛び立つ鴨の群れ
これらは今やすべて夢となった

再び夢を見ることは禁じられた
喜びはそこなわれるか隠されるか
馬たちは今ではステンレスの鋼で造られ
ちびの太った男どもがそれに乗る

私は立ち向かうことのないイモムシだ
ハーレムのない宦官だ
聖職者と人民委員の間を
ユージン・アラム[4]のように歩いていく

そして人民委員は私の運勢を占う
うしろではラジオが鳴っている
でも聖職者はオースチン・セブン[5]をくれると約束してくれた
なぜならダギー[6]はいつだって払うのだから

4　英国の言語学者。靴屋殺しの罪で処刑された。
5　第二次大戦前の英国で最も売れた小型大衆車。
6　当時の競馬の胴元ダグラス・スチュワートのこと。「ダギーは必ず払う」がキャッチフレーズだった。

私は大理石の館に住んでいる夢を見た[7]
目が覚めてみるとそれは現実だった
私はこんな時代に生まれるはずではなかった
スミスはどうか？　ジョーンズは？　君はどうか？[8]

一九三六年から三七年にスペイン内戦などいろいろな出来事があって状況は一変し、それからは私も自分のポジションがよくわかった。一九三六年以降に私が書いてきたまじめな作品は一行の例外もなく、直接的であれ間接的であれ全体主義に反対し、私が理解しているところの民主社会主義を支持するために書かれたものだ。我々が生きているこのような時代に、そういう主題について書くことを避けうると考えるのは、私にはナンセンスに思える。誰だって何らかの振りをしたり隠したりしながら、そういうことについて書いている。どちらの側につくのか、そしてどういう方法を選ぶのかだけの問題だ。そして自分の政治的姿勢について意識するようになればなるほど、美的、知的な完全性を犠牲にすることなく政治的に行動できるようになる。

過去十年間において私がもっとも成し遂げたいと思ってきたことは、政治的な書き物を芸術にすることだった。私の出発点は常に、自分と主義を同じくする人々への忠誠心であり、不正義が行われているという感覚である。本を書こうと机に向かうとき、私は自分に「よし、今から芸術作品を作るぞ」とは言わない。私が書くのは、私が暴き出したいと思う嘘や、人々に注目して欲しいと思う事実があるからであり、私の第一の関心とは、人に聞いてもらうことなのだ。しかし、もしそれが同時に美的経験でなかったなら、本はおろか長い雑誌記事を書くことさえ私にはできないだろう。私の著作を調べてみようとする方がいるなら気づくだろうが、露骨なプロパガンダであるときでも、本職の政治家なら不適切だと判断するだろう部分を私の著作はたくさん含んでいる。子どもの頃に手に入れた世界観を完全に捨て去ることは私にはできないし、そうしたいとも思わない。自分が生きていて元気なうちは散文の文体に強い関心を持

7 有名なアリアから。

8 底本とした *Complete Works of George Orwell* 所収の初出バージョンでは、この詩の最後三スタンザのみが引用されているが、その後の版ではこの詩全体が省略されたり、全体が掲載されたりと扱いが様々である。読者の便宜を考えて、ペンギン版 *Essays* の全文掲載のバージョンを採用した。

ち続けるだろうし、この地球上で起こることを愛し、具体的な物質にも無駄な情報の切れ端にも喜びを見出すだろう。私という人間のそういう側面を押し殺そうとしても無駄である。私のするべきことは、自分の中に根深く存在する好き嫌いを、この時代が我々すべての者に強いる本質的に公的で非個人的な活動との間で和解させることだ。

それは容易ならざることでもある。構造の問題、言語の問題が持ちあがるだろう。そして新たな意味で、誠実さの問題が出てくるはずだ。困難が出てきた比較的ざっくりとした例をひとつあげさせてほしい。スペイン内戦について書いた『カタロニア讃歌』は、もちろん明白に政治的な作品ではあるが、概してこの本は対象へのある種の距離感と形式への関心をもって書かれている。私がこの本でしようと懸命に試みたのは、自分の文学的本能を裏切ることなしに真実の全体を語るということだった。しかしそのなかでも、フランコと共謀したことを糾弾されるひとりのトロツキストを弁護する、新聞記事やらなんやらの引用で満ちた長い章がある。そんな章は一、二年も経《た》てば一般読者にとっては関心のないものになるのだから、明らかに本全体をダメにするに違いない。私が尊敬するある批評家はそのことで私に長々と説教をしたほどだ。

「どうしてあんなものを入れたんだ?」と彼は言った。「よい本になる可能性があったものを、単なるジャーナリズムにしてしまったじゃないか」。彼の発言は正しい。しかし私には他にやりようがなかった。私はたまたま知ってしまっていたのだから。イギリスでは大半の人が知ることを許されない事実、無実の人間が不当にも罪を着せられているという事実を。そのことに怒りを感じていなかったならばそもそも、この本じたい書くこともなかったはずなのだ。

なんらかの形でこの手の問題はまた持ち上がるだろう。ことばの問題はもっと微妙だからここでは長すぎて論じる余裕がない。ただこれだけは言っておきたいのだが、近年の私は生き生きとしてイメージ豊富な描写を控えて、より正確に書くようにしている。いずれにせよ、ある種の文体を好むようになるころには、すでにその文体を超えて成長しているものだというのが今の私にはわかる。『動物農場』は私が自分のしていることを十分意識しながら、政治的目的と美的目的をひとつの全体にまとめようとした最初の本である。ここ七年の間小説を書いていなかったが、次の作品はすぐにでも書きたいと思っている。それは失敗するに決まっているし、すべての本は失敗作なのだが、自分がどういう本を書きたいと思っているのか、かなり明確にわかっている。

このエッセイの最後の二、三ページを今読み返してみたが、どうやら私がものを書く動機はすべて公共心のためである、という印象を持たせる書き方になっているようだ。しかしそれを最終的な印象とするのは不本意である。作家というものは皆虚栄心が強く、わがままで怠けものであり、その動機の底の底には一つの神秘が存在する。本を書くというのは、痛ましい病気の長い長い発作のように、恐ろしく、身を削るような戦いである。抗うことも理解することもできないある種の悪魔に駆り立てられてでもいなければ、そんな苦行に乗り出す人間なんていないだろう。その悪魔とは単に、自分に注目してほしいと赤ん坊にわめき声を上げさせるのと同じ、生まれつきの性質なのかもしれない。しかしながら、絶えず自分の個性を消し去ろうと努めない限り、読むに堪えるものを書くことはできない、というのもまた事実である。よい散文とは窓ガラスに似ている。どの動機が自分の中で一番強いのか、私には確かなことは言えないが、どの動機が従う価値があるものかはわかっている。そして自分の作品を振り返ってみるなら、自分が気の抜けた本を書いたり、華麗なだけの部分や意味のない文章をうっかり書き、飾り立てた形容詞やごまかしをしてしまっているのは、いつだって政治的な目的を持たずに書いた場合なのである。

（一九四六年）

ある書評家の告白

タバコの吸い殻や飲みかけの紅茶が入ったカップで散らかった、ひんやり寒いのにむっと空気が澱《よど》んだ一間のアパートで、虫に食われたガウンを羽織った男がガタガタと安定しない机の前に座り、埃《ほこり》にまみれた紙の束がいくつも積み上げられた隙間に、なんとかタイプライターを置くスペースを確保しようと躍起になっている。紙の束を捨てるわけにはいかないのは、紙くずを捨てるゴミ箱がもう溢れ返っているからであり、加えて、まだ返事を書いていない手紙やまだ支払いをしていない請求書に紛れて、銀行に払い込むのを忘れたままの二ギニーの小切手が束の中のどこかにある気がするからだ。アドレス帳に住所を転記しなくてはいけないのにまだしていない手紙もあるが、アドレス帳を探すことを考えると、いや、アドレス帳に限らずなんであってもこの混沌の中から探し出さなくてはならないと考えるだけで、男はもう死んでしまいたいという強い思いにかられてしまう。

男は実際には三十五歳だが、もう五十歳に見える。禿げた頭には静脈瘤があり、眼鏡をかけている。それも持っている唯一の眼鏡が行方不明になっていなければの話である。いつもの調子であれば栄養失調状態であろうし、一時的に幸運が続いていたなら二日酔いで頭を抱《かか》えているだろう。今現在は午前十一時半で、彼自身が立てたスケジュールによれば二時間前には仕事を始めているはずだった。しかしたとえ仕事を始めようと本気で努力していたとしても、ほとんどひっきりなしにかかってくる電話のベルや、まだ小さな赤ん坊の泣く声、表の通りの電気ドリルの騒音、階段をドタドタと上り下りする借金取りの重いブーツの音のせいで、集中できずにイライラしていたに違いない。最新の邪魔は今日二度目の郵便配達で、届いたのは回状が二通と、赤で印刷された所得税の支払い督促状だった。

言うまでもないが、この男は物書きである。詩人かもしれないし、小説家かもしれない。映画の脚本家かもしれないし、ラジオ番組の作家かもしれない。というのも文筆を生業《なりわい》とする人というのはみなよく似ているものなのだ。まあ、ここでは書評家ということにしておこう。紙束の山の間に半ば隠れているのは大きく嵩張《かさば》った小包で、なかには編集者から送られてきた五冊の本が入っていて、添えられたメモ書きには「いい組み合わせのはずですから」と書いてある。小包が届いたのは四日前だった。しかし最初の四十八時間は精神的麻痺状態に襲われてどうにも包みを開ける気になれなかった。昨日意を決して紐を切って開け、中に入っている五冊の本と対面した。『岐路に立つパレスチナ』『科学的酪農業』『ヨーロッパ民主主義小史』（六八〇ページの大著で重さ四ポンドもある）、『ポルトガル領東アフリカの部族風習』、それに、おそらくは間違えて入れられたのだろう一冊の小説、『横になっている方がまし』が入っている。彼の書評——長さの指定は八百語ということにしておこう——は明日の正午までに「入れ」なければならない。

五冊のうち三冊が扱っている題材に関して彼は全く不案内なので、少なくとも五〇ページは読まないと、とんでもない大間違いをやらかして、著者だけでなく（著者はもちろん書評家の実態をよく知っている）一般読者まで裏切ってしまうことになる。午後の四時には包み紙から本じたいは取り出しているものの、まだどうしてもページをめくろうという気にはなれない。読まなくてはならないと考えただけで、印字された紙の匂いを嗅ぐだけで、ひまし油で風味付けされた冷えたライス・プディングを食べさせられるような気分になってしまう。ところが奇妙なことに、彼の書評は締め切りに遅れることなく届けられるだろう。どうしたわけか、いつだって原稿は期日に間に合って届けられるのだ。午後の九時くらいになると気持ちも比較的明晰になってきて、真夜中から明け方にかけては、寒さを増していく部屋で机に向かい、タバコの煙がどんどん濃くなっていくなか熟練の手つきで次から次へと本を流し読みし、一冊目を通すたびに「まったく、なんて駄作だ！」という最終的見解とともに本を閉じ、机の上に積んでいくのだ。朝になると目はかすみ、気持ちはささくれ、髭《ひげ》も剃らないで、威圧的な時計の針に急《せ》かされて早くやれと脅《おど》されるまで一時間か二時間、ただただじっと白紙の紙を見つめている。それから突然、猛然と取り掛かる。カビの生えたような使い古しのことば――「読み逃してはならない一冊」「どのページにも印象的な一節が」「なかでも貴重なのはこれこれを扱った章で」――が、磁石に吸い寄せられる鉄の削りかすのように文中に嵌《は》まっていき、書評は求められた長さぴったりに、残り時間三分というタイミングで完成する。そうこうしているうちにまた次のあまりそそられない本が、あまりうまいとも思えない取り合わせで束になって郵便で届く。これの繰り返しである。だが、この虐げられてイライラに蝕《むしば》まれた男は、ほんの数年前にこの仕事を始めた時には、どんなに大きな希望を持っていたことだろうか。

私の言っていることは大袈裟に聞こえるだろうか？　どんな人でも定期的に書評を書いている人――たとえば年間で少なくとも百冊の書評を書いている人――に、その仕事のやり方や人物像が私の書いたものとは違うと心の底から正直に言い切れるか問うてみたい。物書きというのは多かれ少なかれこのような種類の人間ではあるのだが、長い期間にわたって手当たり次第にどんな本でも書評するというのは、とくに他と比べられないくらい、割も合わなければイライラもする、ほとほと消耗する仕事なのである。クズみたいな本を褒めなければならないこともある――あとで書くように、これは実際にこの仕事の一部である――のみならず、自発的な感情を何も引き起こされないような本について、なにがしかの反応を絶え間なく「でっちあげ」なくてはならないのである。書評家は、疲れ切ってうんざりしているとはいえ、職業的には本に興味がある人種である。そして毎年出版される数千点の本の中には、彼が喜んで書評を書きたいと思うような本がおそらく五十や百はあるだろう。もし彼が書評業界の第一人者であれば、そのうち十冊か二十冊は担当できるかもしれない。しかし、たいていは二つか三つ扱えればいい方だ。その他の本についての仕事は、どれだけ誠実に褒めたり貶《けな》したりしようとも、本質的にはでたらめなものだ。その不滅の精神《スピリット》たる神聖なる火酒を、一度につき半パイントずつ、排水路に流し込んでいるようなものなのだ。大多数の書評は取り上げている本について、不適切な、あるいは誤解を招くようなことを書き連ねている。戦争からこっち、出版社は文芸誌の編集者にごり押しして自社から出すすべての本を絶賛させるような真似は以前ほどできなくなったが、その一方で誌面の不足など諸々の不都合により書評の水準は低下してきている。こうした現状を見て、書評の仕事を売文家から取り上げてしまえば問題は解決するじゃないか、と言う人もいよう。専門的なテーマの本は専門家が扱うべきだし、書評の大部分は、とくに小説の書評がそうだが、プロの書き手ではなくアマチュアであってもうまく書けるかもしれない。ほとんど全ての本は、嫌悪に過ぎない場合もあるとはいえ、その本に合った読者には、なんらかの熱烈な感情を引き起こすことができるのであり、そういう読者からの反応の方が退屈しきったプロの反応より意味があるのは当たり前だ。しかし残念ながら編集者なら誰でもわかっているように、そういうやり方で仕事を進めてまとめるのはとても難しい。そのため、現実には編集者たちはいつのまにか彼の呼ぶところの「常連さん」、いつもの売文家連中のところに戻ってしまうのだ。

どんな本でも本である限りは書評に値する、という考えが当然視されているうちは、このような状況が解決されることはありえない。大量に詰め込まれて届いた本であれば、どうしてもその大半を大雑把に褒めすぎることとなるのは避けようがない。本との間にある種の専門的関係を持つまでは、その大半がいかにひどい代物か気づかないものだ。九割以上の本に関して言えるのは、客観的に正しい唯一の批評とは「この本は無価値だ」であろうし、書評家自身の正直な反応はといえば、おそらく「私はこの本にはどんな点においても興味を持てないし、金が払われなかったなら何か書きたいとも思わないだろう」なのである。しかし読者諸氏はそんなものを読むために金を払っているわけではない。それはそうだ。読者は読むように勧められている本へと何らかの導きが欲しいのであり、いいとか悪いとかの評価を知りたいのである。だが、価値ということが話題にされるやいなや、基準が崩壊してしまう。というのも、誰かが『リア王』はよい芝居で『正義の四人』[1]はよい犯罪小説だと言うならば――そして実際にほぼすべての書評家がこの手のことを週に一回は言っている――「よい」ということばに一体どんな意味があると言えようか？

常々思ってきたことだが、最善の方法は、単純に、出版される本の大部分は無視して取り上げず、意味があると思われるごく少数の本についてのみ、最低限千語以上の長い書評を書くというやり方である。これから出る本についての一行か二行の短い告知文は有益な場合もあるが、六百語程度のよくある中くらいの長さの書評は、たとえ書評家が心の底から書きたいと思っている場合でも、無価値なものに終わってしまうのがお決まりだ。通常書評家はそういうものを書きたくないし、こま切れの仕事を毎週毎週繰り返し生産していくうちに、やがて書き手は冒頭で描いたようなガウンを羽織った疲れ切った人間に成り下がってしまう。とはいっても、この世に住む者ならどんな人にでも、見下すことのできる誰かがいるもので、私は両方の商売をやった経験があるから言えるのだが、映画評論家に比べれば書評家はまだましである。映画評論家は仕事を自宅でることさえ叶わず、朝十一時の試写会に出かけて行って、一人か二人の著名な例外を除いては、自分の名声と引き換えにする見返りが、質の悪い一杯のシェリー酒であっても我慢するものだと思われているのだから。

（一九四六年）

1　エドガー・ウォーレスによる一九〇五年の長編推理小説。

ガンジーについて

聖者というのはいつだって、潔白が証明されるまでは有罪扱いされなければならないものだが、潔白かどうかを試す方法は、もちろん、誰の場合でも同じというわけにはいかない。ガンジーの場合に人々が知りたいと思うのは、どの程度まで彼が虚栄心に動かされていたのか——つまりは、お祈り用の布の上に座って精神力のみで帝国を揺るがせた、慎ましい裸の老人という自意識に、どの程度動かされていたのか——そして本質的に威圧行為や欺瞞《ぎまん》と切っても切り離せない政治の世界に参入することで、自らの原則を曲げるものと、どの程度妥協したのか、ということだろう。決定的な答えを導きだすためには、ガンジーのしたことや書いたものをこと細かに検討しなくてはならないだろう。彼の人生そのものがいわばある種の巡礼であり、すべての行動が重要な意味を持つからだ。しかし一九二〇年代の記述で終わっているこの不完全な自伝[1]は、ガンジーなら自分の人生において、生まれ変わる前の部分とでも呼んだであろう時期を扱っていて、聖者あるいはそれに準じるこの男のなかに、その道を選んでいれば弁護士や役人、あるいはビジネスマンとしてさえ立派に成功したであろうような、抜け目なく有能な人間を読者が見つけることができるために、なお一層ガンジーを検討するための強力な材料となっている。

この自伝が最初に活字になったころ、粗悪な印刷状態のインドの新聞紙上で最初の何章かを読んだのを覚えている。読んで私は好感を持った。当時ガンジーその人には好感を持っていなかったにもかかわらず。ガンジーから連想されるもの――手織りの衣服、「非暴力・不服従運動《ソウル・フォース》」、菜食主義――は魅力的には思えなかったし、彼の中世讃美主義的な計画は、進歩が遅れて、飢えていて、人口過密なかの国では明らかにうまくいきっこないものだった。イギリス人たちがガンジーを利用している、または利用している気になっているのも、明らかだった。厳密に言うなら、独立主義者として

1　『ガーンディー自叙伝　真理へと近づくさまざまな実験』一九二七～二九年、邦訳平凡社〈東洋文庫〉

のガンジーは敵であったが、いかなる危機においてもガンジーは暴力を防ぐために尽力した――つまりはイギリスの側から見れば、いかなる効果的な行動も妨げてくれた――ので、ガンジーは「こっちの味方」とみなすことができたのだ。公《おおやけ》の場所以外では、人々は冷笑的ながらこのことを認めていたものだ。インドの大金持ちたちの態度も似たようなものだった。ガンジーは彼らに悔い改めるよう求めたが、金持ちの側は、機会さえあれば彼らの金を取り上げていたかもしれない社会主義者や共産主義者と比べて、当然ガンジーの方がましだと思っていた。長い目で見るならそのような打算がどのくらい当てになるのかは疑わしい。ガンジー自身が言ったように「結局は人を欺くものは自分を欺くことになるだけ」なのだから。しかしいずれにせよ、ガンジーにほとんどいつでも寄せられていた厚遇は、彼が役に立つという感情による部分があった。イギリスの保守党がガンジーに対して本当に怒ったのは、一九四二年のように、彼がその非暴力を別の征服者に対して向けたときだけだった。

しかしその時でさえ、ガンジーに関して好奇心半分非難半分で語るイギリスの役人たちが、一応はガンジーのことを心から好きで尊敬していることは見て取れた。ガンジーが堕落しているとか、なにかしら俗な面での野心を持っている、あるいは彼がすることはみな恐怖心や悪意からくるものだ、などと仄《ほの》めかす者はただの一人もいなかった。ガンジーのような人間を測る時には人は本能的に高い基準を当てはめてしまうようで、そのために彼の持っている美徳の中には、ほとんど人に気づかれないままのものもある。たとえば彼が生来持っていた勇気が、まったくもって傑出したものだったのは自伝からでも明らかだ。彼が亡くなった時の様子も、この事実をあとから示した例と言えるだろう。自分の身体が大事なものだと考える公的な人物であれば、普通はもっと十分な警護をつけるものであろうに。また、E・M・フォースター[2]が『インドへの道』で正しくも述べたように、イギリス人には偽善という悪徳がつきものなのと同様、インド人にはしつこいまでの疑り深さがつきものなのだが、ガンジーはその悪徳にも汚されていなかった。もちろん人の不正直さを突き止めるのに十分な洞察力を持っていたのは疑いないが、可能な時はいつでも、人はみな誠実に行動しているのであり、お互いに近づくことができる契機となるような、よい性質を持っている

2 英国の小説家。二十世紀初頭にケンブリッジ大学出身者たちを中心に形成された知識人集団、ブルームズベリー・グループの一員。

るものだと信じていたように思える。また、貧しい中産階級の家の出で、かなり大変な地点から人生をスタートさせねばならなかったし、おそらくは肉体的な外見もさほど良くなかったにもかかわらず、嫉妬や劣等感にかられることもなかった。人種差別に関しては南アフリカではじめてその最悪の形に直面したのだが、ガンジーはむしろその考え方に大いに驚いたようである。実質的には人種差別との戦いで奮闘していた時でさえ、ガンジーは人を人種や地位では判断しなかった。州知事も綿花栽培で儲けた大金持ちも、飢え死にしかけているドラヴィダ人の苦力《クーリー》も英国軍の兵卒も、全てみな等しく人間であり、同じように扱われるべきだと考えた。南アフリカでインド人コミュニティの擁護者として評判が悪くなった、考えうる限り最悪の状況下であっても、ガンジーの周りからヨーロッパ人の友がいなくなることがなかったというのは注目すべき事実である。

新聞連載用の記事として短くまとめられたものゆえ、この自伝は文学的傑作とは言い難いが、扱われている素材の多くがありふれた平凡なものであることで、一層印象的なものとなっている。ガンジーが、若いインド人学生としては人並みの野心からスタートし、彼の急進的な意見は、徐々に、そして場合によっては自ら望んだわけではなく、身につけられたものだということは覚えておいた方がよい。ガンジーがトップハットをかぶり、ダンスのレッスンを受け、フランス語やラテン語を学び、エッフェル塔に上ったりヴァイオリンを習いさえした時代があったというのは興味深い事実だ。ヨーロッパ文明をできる限り徹底して吸収しようとしたのだろう。彼は、子ども時代からずっと驚異的な敬虔さによって一般の人間から区別されてきたような聖人でもなければ、驚くような放蕩の末に俗世を捨てたタイプの聖人でもない。ガンジーは若いころの過ちを赤裸々に告白しているが、実のところ告白すべきことはさほど多くはない。この本の口絵にはガンジーが亡くなった際の全所有物を収めた写真が載っている。そこに収められた物一式は五ポンドもあれば買えるだろうが、ガンジーの罪、少なくとも肉体的な罪を全部集めて一か所にまとめても、同じような見た目にしかならないはずだ。タバコを何本か吸ったことがある、肉を何口か食べたことがある、子ども時代にメイドから数アンナの金をくすねたことがある、売春宿に二回行ったことがある（が、いずれのときも「何もしないまま」逃げ帰ってしまった）、プリマスの下宿屋の女将と危うく関係を持ちかけたことがある、一度だけ怒りを爆発させたことがある、これでほぼ全てなのだ。子どもの頃からほとんどずっと彼には深い熱意があって、それは宗教的というよりも倫理的と呼ぶべきものなのだが、それでも三十歳頃まではその熱意にも確たる方向性はなかった。公的生活と呼べそうなものに彼が初めて入ったのは、菜食主義を通してである。彼の非凡なる性質の下には、祖先たちから引き継いだ中産階級の堅実なビジネスマン然としたものが一貫して感じられるだろう。個人的な野心を捨て去った後でも、臨機応変な精力的弁護士、経費削減に気を配る抜け目のない政治活動家、委員会を器用におさめるリーダーで、寄付金も根気強く集めて回ったであろうと思われる。ガンジーの性格はきわめて多彩なものであったが、その中に人々が指をさして悪口を言うような要素は一つとしてなかったし、おそらくはガンジーと最も敵対する者であっても、ガンジーのことを、生きているだけで世界を豊かにすることのできる興味深く並はずれた人間だということは認めていたのではないかと思う。人から好かれるような人間であったか、彼の教えがその土台となっている宗教的信念を受け入れない人にとっても価値があったかどうかについては、私には十分な確信がない。

近頃ではガンジーのことを、西洋の左翼運動に共感していたのみならず完全にその一部分でもあった、と論じるのが流行《はや》っているようだ。とくにアナキストと平和主義者は、ガンジーが中央集権制度と国家的暴力に反対していることにばかり注目し、彼の信条の浮世離れした反人道性を無視して、彼を自分たちの仲間であると主張してきた。しかし思うに、人間こそが万物の尺度であり、この地球しか我々にはないのだから、我々がなすべきことはこの地球を生きるに値するものにすることなのだ、という信念とガンジーの教えは相容れることができない。その事実をみな理解する必要があるのではなかろうか。ガンジーの教えは、神が存在し物質的な世界は解脱すべき幻想に過ぎない、という仮定においてのみ意味を成す。ガンジーが自らに課し——彼の行動をつぶさに見てきた追従者たち全てにまで強制しようとはしないかもしれないが——神や人類に奉仕せんとするなら必須であるとした鍛錬について考えてみるのは価値があろう。第一に、肉食は禁じられ、可能であればいかなる形態の動物性食品も摂ってはならない（ガンジー自身はみずからの健康のため牛乳に関しては妥協せざるを得なかったが、このことを背信行為だと考えていたようだ）。アルコールとタバコも禁止、香辛料や調味料は植物性であっても許されない。というのも食事というのは食事じたいの楽しみのためにではなく、ただ体力維持のために摂取されるべきものだからだ。第二に性行為をしてはならない。性行為が行われる場合にはただ子どもを作る目的だけのためになされねばならないし、その場合もおそらくは長い間隔を空けてなされるべきとしていたようだ。ガンジー自身は三十代半ばで、完全なる禁欲のみならず、性欲さえ排除することを意味するブラフマチャリヤの誓いを立てている。この状態は特別な食生活と頻繁な断食なくしては達成不可能に思える。牛乳を飲むことがもたらす危険性の一つはそれが性欲を引き起こす傾向があるということだ。そして最後に——これこそはきわめて重要な点なのだが——善を追求する者はいかなる人とも親密な友情を築いてはいけないし、特別な愛情を抱いてもいけない、とガンジーは説くのである。

「友人同士は相互に反応しあう」し、友人への忠誠心から人は過ちを犯してしまう、それゆえに固い友情は危険なのだとガンジーは言う。言っていることはまったく疑問の余地なく正しい。それに神を愛するとか人類全体を愛するのであれば、個人に対してはいかなる人であっても分け隔てしてはいけない。これもまた正しいし、ここが人道主義的態度と宗教的態度が両立しえなくなる地点でもある。普通の人間にとっては、特定の人を他の人間以上に愛するからこそ愛なのであって、そうでなければそれは愛ではない。自伝からはガンジーが自分の妻や子どもに対して思いやりに欠けていたのかどうかははっきりわからないが、少なくとも三回にわたって、医者に命じられたおりに動物性食品を摂らせるくらいなら妻と子どもが亡くなるにまかせようとした場面があったと確認できる。死の危険はあったものの実際には亡くならなかったのは事実だし、ガンジーは——おそらくは、逆の選択をするべきだという道徳的なプレッシャーのために——いつだって病めるものに対して、罪を犯す代償を払ってでも生き延びる選択をさせた。それでも、もしその選択が彼個人のみに関わるものだったならば、いかに危険が大きかろうがガンジーは自らに動物性食品を禁じたことと思われる。ガンジーが言うには、我々が生き延びるためにすることには境界線というものがあって、その境界線とはチキンスープよりも遥か手前側に引かれているのだ。このような姿勢はおそらく気高い態度と言っていいのだろうけれど、思うに多くの人がこの言葉で表すであろう意味で、非人間的である。人間であることの本質とは、完璧を求めないこと、時と場合によっては誰かへの忠誠心のために喜んで罪を犯すことであり、友との交わりができなくなるほどまでに禁欲主義を推し進めないことであり、自分以外の人間、誰か個人へ愛を注ぐことで不可避的に代償として背負わされる、最終的には敗北し打ちのめされてしまうという結果を、受け入れる覚悟を持つということなのだ。

聖人がアルコールやタバコといったものを避けるべきなのはもちろんだが、人間であるならば聖人たろうとすることもまた避けるべきものではないか。これに対しては明白な反論があろうが、反論をするなら慎重にした方がよい。現代はヨガ行者があちこちにいる時代なので、「愛着を捨て去ること」が地上の生命を十全に享受することよりもよいことであるばかりか、普通の人がそうしないのはただ単にそれが難しすぎるからなのだ、という考えがあまりに無批判に受け入れられている。言い換えるなら、普通の人間は聖人になろうとしてなれなかった人なのだ、と言わんばかりである。でもこれは正しいとは思えない。多くの人は聖者になりたいなんてまったく思っていないし、聖者になったとかなりたいと願う人々は、人間でありたいと思ったことがあまりないのではないだろうか。心理的な根源まで探るなら「愛着を捨て去ること」の主要な動機とは生きることの苦しみから逃れたいという欲望であり、なかでも取り分け、性的なものであれ性的ではないものであれ、いずれにせよ困難な、愛から逃れたいという欲望に行きつくことだろう、という確信が私にはある。だが、ここでは現世を超えた理想とヒューマニスティックな理想のいずれがより「高尚」かを論じる必要はない。大事なのはこの二つが両立しえないということだ。人は神か人間かいずれかを選ばなければならないのであり、穏当なリベラルからもっとも過激なアナキストまで、すべての「急進主義者」や「進歩主義者」は事実上人間の方を選んできたのである。

しかしながらガンジーの平和主義は彼の他の教えからある程度切り離して考えることが可能だ。その動機は宗教的なものだったが、ガンジーはそれが、自分が望んだ政治的結果を生み出すのを可能にする単なる技術、手法に過ぎないとも主張していた。ガンジーの姿勢は多くの西洋の平和主義者のものとは異なる。まずは南アフリカで展開したサティヤーグラハはある種の非暴力的闘争であり、敵を傷つけたり憎悪を感じたり感じさせたりすることなく相手を打ち負かす方法である。これに伴って、市民的不服従、ストライキ、鉄道の前の線路に横たわること、闘争したり殴り返したりせずに警察の急襲に耐えることなどが起こった。ガンジーはサティヤーグラハが「消極的抵抗」と訳されることに反対だった。グジャラート語ではこの語は「真理の堅固さ」を意味するようだ。若かりし日にガンジーはボーア戦争のイギリス側で担架兵として従軍し、第一次世界大戦でも同じことをしようと決めていた。暴力を完全に放棄したあとでさえ、ガンジーは正直にも戦争では通常いずれかの側につかないわけにはいかないのだということを認めていた。彼の政治的人生全体が国家独立のための奮闘を中心としていたため、実際のところそうする以外にはなかったのだが、すべての戦争において両軍ともまったく等しく悪く、どちらが勝ったところで違いがない、といった不毛で不誠実な立場は取らなかった。また西洋の平和主義者の多くが得意とするように扱いにくい問題を避けるということもなかった。今回の戦争に関係して平和主義者たちが明白に回答する義務があった問題とは、「ユダヤ人たちをどうするのか？　彼らが根絶させられるのを黙って見過ごす覚悟はあるのか？　もしないなら戦争という手段を回避したままどうやってユダヤ人を助けようというのか」であった。「きみだって答えられないだろうが」式のはぐらかしこそしょっちゅう耳にしたものの、西洋の平和主義者でこの問題に関する正直な答えを聞かせてくれた人は一人としていなかったことを記しておかねばなるまい。しかし実は一九三八年にガンジーはたまたまこれと似た質問を受けていて、その返答がルイス・フィッシャー氏の『ガンジーとスターリン』に記録されている。フィッシャー氏によるとガンジーの見解は、ドイツのユダヤ人は集団自殺をするべきだ、そうすれば「世界の人々とドイツの人々がヒトラーの暴力に目を覚ますこととなっただろう」というものだった。戦争が終わった後にも彼は自分の主張を通した。ユダヤ人たちはいずれにせよ殺された、それならば意味のある死に方をした方がよかったのではないか、と。このような態度には、フィッシャー氏のような心からの信奉者でさえたじろいだのではないかと思われるだろうが、ガンジーは単に正直であろうとしただけなのである。命を奪う覚悟がないならば、時としてなんらかの別のやり方で命を奪われる覚悟をしなくてはならないのだ。一九四二年に日本の侵略に対して非暴力抵抗を訴えたとき、ガンジーは数百万人の命が失われる可能性を受け入れる覚悟ができていたのだ。

と同時に、ガンジーが生まれたのは一八六九年であり、ゆえに結局のところ全体主義の本質を理解しておらず、全てをイギリス政府に対する自身の闘争と同じように見ていたのだと考えるのも理由なきことではない。ここで重要な点は、イギリス人が彼を寛容に扱ったことよりむしろ、ガンジーがいつでも世間の注目を集められたことである。上に引用した発言に見られるように、彼は「世界の人々の目を覚ます」ことこそが大事だと信じており、それは自分がしていることを世界が耳にする機会を得た場合にのみ可能になる。ガンジーの手法は、政権に反対する人々が真夜中に行方不明になったまま消息が途絶えてしまうような国では実行するのは困難だろう。言論の自由や集会の権利のないところでは、国外の世論にアピールするのさえ難しいばかりか、大衆運動を生じさせることも、自分の意図を敵に知らせることさえ容易ではない。今現在ロシアにガンジーのような人物はいるのだろうか？　いるとしたら彼は何を成し遂げようとしているのだろう？　ロシアの大衆が市民的不服従を実行するには、彼ら全員の頭に同時にその考えがたまたま浮かぶなどということがない限り無理だし、その時でも、ウクライナで起こされた人工的な飢饉の歴史から判断すれば、たいした違いは生まないまま終わってしまうことだろう。非暴力の抵抗が自国の政府や占領者に対して有効だというのは認めよう。だとしてもそれを国際的に実行するなんてことができるだろうか？　今回の戦争に関するガンジーのコメントが様々に相矛盾するものであるという事実が、彼自身その困難さを感じていたことの表れに思える。外交政策に用いられるとき、平和主義は平和主義であることをやめるか宥和政策に堕してしまう。さらには、人間というのはどんな人も、程度の差こそあれ基本的にはわかりあえる存在であって、思いやりのある行為にはそれにふさわしい態度で応じるものだ、というガンジーが個人を相手にしたときにはとてもうまく働いていた前提についても、真剣に疑ってみる必要がある。たとえば狂人を相手にしたときにはこの前提は必ずしも正しくない。となると問うべきことは、誰が正気なのか？　ということだ。ヒトラーは正気だったか？　ある一つの文化全体が他者の基準から見て正気ではないと判断されることもありうるのではないか？　そして国家全体の感情を測ることが可能だとして、思いやりのある行為と友好的反応の間になにかしら明確な因果関係があると言えるだろうか？　感謝というのが国際政治において本当に有効なファクターたりうるのだろうか？

これらの疑問とそれに付随する問題は検討の必要があるし、しかも早急に議論する必要がある。どこかの誰かがボタンを押してロケットが空中を行き交うまでのあと数年のうちにだ。人類の文明がもう一度大きな戦争に耐えられるとは思えないし、それを避ける打開策が非暴力にあるのではないかというアイデアは、すくなくとも一考に値する。私がここに挙げた類《たぐい》の問題について正直な考察をしたであろうという点はガンジーの美点だ。そして実際に彼はこれらの問題の多くに関して、数えきれないほどの新聞記事においておそらくは実際に議論してきたのだ。ガンジーには、あまりよく理解できていなかったことがたくさんあると感じる人はいるだろうが、言ったり考えたりするのを恐れることがあったと感じる人はいないはずだ。私はガンジーにあまり好意を抱くことはできずにいたが、政治的思想家として彼が概して間違っているとは確信が持てないし、彼の生涯が失敗だったとも思えない。暗殺されたとき、インドでの政権移動の副産物として起こるであろうと前から予測されていた内戦に至ってしまったことを理由に、ガンジーは死の間際に自分が一生をかけた仕事が完全にダメになるのを目撃することになってしまった、と熱心な支持者たちが悲しげに叫んでいたが、これは奇妙なことに思える。ガンジーが生涯をかけたのはヒンドゥー教徒とイスラム教徒の対立を収めることではない。彼の主要な政治的目標であったイギリス統治の平和的収束は、最終的には達成されたではないか。よくあるように、関係ある事実であっても互いに食い違うものだ。まず片方では、イギリスは戦争行為なしにインドから撤退したが、これは実際にそれが起こる一年ほど前まではほとんど誰も予測しなかった事態だった。他方で、これがなされたのは労働党政府の手によってであって、保守党政権、とくにチャーチルを党首とする政府だったなら、違った結果になっていただろう。しかし、もし一九四五年までにインドの独立に対して同情的な世論がイギリスで大規模に広まっていたとするなら、それはどの程度までガンジーの個人的な影響力のおかげだったのだろう？　そしてもし、可能性としてありうるが、インドと英国が最終的に慎ましく友好的な関係に落ち着いたなら、それはある程度、頑迷にそして憎悪を持つことなしに政治的空気を消毒してくれたガンジーのおかげと言えるのではないか。人々がそのような問いを立ててみようとすることじたいがガンジーの道徳的偉大さを表している。私自身がそうであるように、人によってはガンジーに対して美学的な面から嫌悪を感じる者もいるだろうし、彼のためになされた聖者性の宣伝文句を拒否することもできるし（ちなみにそういった聖者性をアピールするようなことはガンジー自身は一度も口にしていない）、聖者性を単なる理想として拒否して、ガンジーの基本的な目的は反人間的で反動的だと考えることだってできる。しかし単に政治家とみなして、同時代の他の政治的指導者と比べるなら、ガンジーが去ったあとに残していった匂いはなんとさわやかな匂いだったことだろう！

（一九四九年）

解説

秋元孝文

オーウェルが鳴らした警鐘は、現代にこそ高く響く。

ジョージ・オーウェルと言えば「すべての動物は平等である。しかしある動物はほかの動物よりももっと平等である」というパラドクスに満ち満ちた「七戒」が印象的なソヴィエト共産主義批判寓話『動物農場』(一九四五年)と、ビッグ・ブラザーによる近未来監視社会を描いたディストピア小説『一九八四年』(一九四九年)で知る人が多いだろうが、本書に併載した年譜をご覧いただければ一目でわかるように、今日まで続く作家的名声をオーウェルにもたらしたこの二つの代表作は彼の執筆生活の最後の数年に出版されたのであり、しかも肺を病み結核で四十六歳の若さで亡くなった彼は『一九八四年』の出版後たったの半年しか生きていない。広く評価され読まれた二つの作品のあともオーウェルが執筆を続けていたら、いかなる作品を書いたのだろうか、と想像するとその若すぎる死が悔やまれるが、それと同時に今では現代イギリス文学を代表する作家の一人として扱われるオーウェルが、人生の大部分をさほど知られていない作家として過ごしていた、という事実を意外に思う向きも多いのではないだろうか。

オーウェルは「なぜ書くか?」にあるように幼少期から自分は作家になるのだという感覚を持って育ったと言うが、名門イートン校から大学に進学せずに選んだのは英領インドでの警官職であり、幼少期に離れて以降あまり会うことのなかった父と同じ職を選んだ背景に文学的野心があったようには思えない。しかし、ビルマでの経験はオーウェルを帝国主義のあやまちに目覚めさせ、「象を撃つ」「絞首刑」といった初期の名エッセイの材料を提供することとなる。そして、生涯で刊行した小説作品は六作、ルポルタージュとして『ウィガン波止場への道』(一九三七年)、『カタロニア讃歌』(一九三八年)などがあるが、とにかく書き続けた多産なオーウェルが残したもので分量的に大きな割合を占めるのは、各誌に書いたエッセイ、評論の類《たぐい》であり、『葉蘭を窓辺に飾れ』(一九三六年)、『空気を求めて』(一九三九年)といった小説作品があまり成功しているとは言い難いことを考慮するなら、こうした評論においてこそ、オーウェルの作家的力量が十分に発揮されているようにも思える。

そんなオーウェルの評論を半世紀以上経た二十一世紀の現代に読む時、驚かされるのはその先見性である。表題作として選んだ「あなたと原爆」は一九四五年十月十九日の『トリビューン』紙が初出であるが、人類初の原爆投下の僅《わず》かふた月後にすでにその後に来る、超大国に率いられたブロック同士が核兵器の保有によって実際の戦闘を行わないまま睨みあう「平和なき平和」を予見し、それを「冷戦」と名付けている。このエッセイはその後一九八九年まで続いた西側資本主義諸国と東側共産主義諸国の対立状態を指す「冷戦」という語の初出とも言われている。のみならず、オーウェルが見抜いた、大量破壊兵器の保持による潜在的な使用可能性によって国と国とのパワーバランスが決定されるという事態は、それを保持するとされたイラクに対するアメリカの戦争行為や、核開発に成功したと言われる北朝鮮のミサイル問題にまで繋《つな》がっている。地球の表面が三つの超大国に分割されるというそのまま『一九八四年』の設定となるアイデアが、すでにここでオーウェルの頭の中では近未来の現実として胚胎している。さらには複雑で大規模な製造過程を必要とする兵器が国家や体制に利し、単純で簡素な兵器は個人の側に利する、という明確な図式が現代の我々に思い起こさせるのは、たとえばテロという手段が、かつてはアナキストたちのような国家と反対側にいる人々の戦闘方法だったという事実であり、今日においてはより大規模な被害をもたらすこともある数々のテロは、主張の善悪はともかく、力のない抑圧された個人が取りうる唯一の方法だということである。タイトルの「あなたと原爆」にも、極端に規模の違う二つを並置しながら、未曽有の破壊力を持つこの兵器をあくまで個人との関係で考えようというオーウェルの姿勢が読み取れる。

昨今、オーウェルのこういった先見性が新たに注目を浴びたのは、二〇一六年に合衆国大統領選で共和党のドナルド・トランプが勝利した時だった。民主主義を掲げる歴史を持つ国に、他者に対して不寛容で自国の利益のみを優先し、意にそぐわない報道を「フェイク」と呼んで貶《おとし》めるような、アメリカが作り上げてきた価値観を根底から破壊する独断的な大統領が生まれた。このときアメリカでベストセラーになったのがオーウェルの『一九八四年』だった。党の都合によって歴史が書き換えられ、監視によって言論の自由も奪われ、ただただ現体制の維持のみのために人々が生きていく近未来が、いよいよ現実のものとなるのではないかと人々は恐怖したのだ。

しかし本書をお読みいただければ、オーウェルのその先見性は、フィクションである『一九八四年』よりも評論において明確に表現されていることがわかるだろうし、彼が論じたテーマが、今の時代にわれわれが直面している問題と重なり、過去から新たな光を当ててくれていることに気づくに違いない。

たとえばナショナリズムの問題。トランプの大統領就任によって白人主義的・排外的なアメリカ人の存在が浮き彫りにされたが、右傾化やマイノリティ排斥の姿勢は米国のみならず日本を含む世界中の国々で昨今強まっている傾向である。オーウェルは「ナショナリズム覚え書き」においてナショナリズムを通常より広げた意味で定義したうえで、その害を説く。それは人間を昆虫のように分類し、集団をラベル付けして善悪を固定化する思考であり、しかも自分を同一化した集団を客観的な根拠なしに肯定して権威づけるような態度である。オーウェルはナショナリズムを母国愛と区別し、自らの所属する場所への愛着ではあっても他者への強制を伴わない後者と対比して、ナショナリズムは攻撃的で排他的な「自己欺瞞《ぎまん》によって強化された権力欲」であると喝破する。みずからの幼児性を恥じることなくエゴイスティックな自国礼賛と他者否定に酔う、昨今の右傾化した人々にもこの定義は見事にあてはまろう。

「スポーツ精神」では、人畜無害な営為と思われがちなスポーツが、ナショナリズムを背負った擬似戦争になりうえ、そこで生まれるのは憎悪だけなのだと見抜く。オリンピックやサッカーのワールドカップが「国民」としての一体感を高揚させ、暴力的な憎悪や怒りの発露にさえ結びつくのは、我々も日々目にしていることだ。

差別の問題もそうだろう。「イギリスにおける反ユダヤ主義」では、表面的には禁じられているがゆえに人々の心の中で密かに広まっているこの差別意識を鋭く抉《えぐ》り出して見せる。ナチス・ドイツはユダヤ人に対し優生思想というフィクションのもと大虐殺を行ったが、差別によって他者を排斥するのはナチスだけではない。ナチスの暴虐が明らかになったおかげで表面上の反ユダヤ主義は消えたかのように見えるが、人々の心の中にはむしろその差別意識が沈潜していっているのであり、なくなってはいないのではないか、とオーウェルは指摘する。昨今の世界情勢においては各地でマイノリティに対する不寛容さが高まっているが、たとえ表面的な不寛容さを排除することに成功しても、その先にまだ解決せねばならない感情があるということにオーウェルは気づかせてくれる。

このようにオーウェルが取り上げたテーマには、今の我々を取り巻く問題が多く含まれている。そしてそういった話題を扱うオーウェルの論じ方に見られる特徴を一つ挙げるなら、これは作家としての彼の良心の最大の表れだと思うのだが、常に自省し自己批判を怠らないことである。

ナショナリズムを批判し、反ユダヤ主義を批判することは容易い。ある程度の知性のある人間ならば、建前上それが軽率に耽溺してはならない思想だということは了解していよう。だが、だからと言って自分はナショナリストにはなりえない、反ユダヤ主義者にはなりえない、という場所から出発してこれを批判するのでは不十分だとオーウェルは説く。自分だけは安全な場所にいて、あくまで他の人々の中で起こっている現象だという態度では本質を摑《つか》めない。むしろ自分の中にもナショナリストや反ユダヤ主義者になる可能性があるのだ、という認識から始めなければ推察できない。他者を自分と切り離して批判するのは簡単である。だが、思想の異なる者を他者として切り離してしまう限り、その行動はどこまで行っても理解不可能で、二項対立的な「悪」の位置として高所から批判することしかできない。しかし、オーウェルが指摘しているのは、ナショナリズム的な党派心はいかなる人の中にでもあるのであり、何かのきっかけがあればそれが表出することがある、まずはその認識を持って自分もナショナリストになってしまう可能性があることを理解しなければならない、ということだ。あるいは「反ユダヤ主義」に惹かれてしまう可能性が自分にもある、と認めることから始めなくてはならないということなのだ。

そしてオーウェルは、そういった心性を取り除くことができるのかどうかはわからないが、それに抗って戦うのは「本質的に倫理的な試み」だと言っている。われわれが試されるのはこの「倫理」を堅持しうるかどうかだ。

こうして他者の行動へ向ける厳しい目を絶えず自らにも向けることを厭わないオーウェルの姿勢が、どこから出てきているのかと言えば、それは彼の評論のもう一つの特徴である「彼自身の経験」からであろう。

オーウェルは書斎の人ではなく行動の人であった。ビルマで警官職に就き、帝国主義の手先となった経験からその欺瞞に気づき、現地の人々を実質的には支配しながら、実は支配者という仮面に拘束されて、被支配者の前で面子《メンツ》を失わないことに全てをかけるほどに追い込まれている自分を発見する。オーウェルの評論のなかでもビルマでの体験に基づいた「絞首刑」「象を撃つ」は、ジャーナリズムとフィクションを融合させたエッセイとして出色の出来であり、象を撃ったときの「体の線という線が変わった」という描写や、死刑囚が歩みを横にそらした瞬間に死刑という行為のあやまちに気づく瞬間の見事さは、作家としての類まれなる才能の証左であるが、これらは遠くアジアの地でビルマ警察に勤務した経験がなければ書けなかったものだ。

ビルマから帰国したのち、物を書いて生きていくと宣言して家族のもとを離れたオーウェルは、ロンドン、パリでの浮浪者生活を経験し、それが最初の本『パリ・ロンドン放浪記』（一九三三年）の題材となった。アメリカ作家ジャック・ロンドンの『どん底の人びと』（一九〇三年）にも影響を受けた本書は、社会の最底辺に生きる労働者たちの実態を、浮浪者に身をやつしてそのただ中に身を置くことでしか得られない経験から描いている。あるいはイングランド北部の炭鉱町の労働者の惨状に密着した『ウィガン波止場への道』もそうだ。

しかしオーウェルの書くものが経験に裏打ちされていることの最大の例は、一九三六年末からスペイン内戦にＰＯＵＭ（マルクス主義統一労働者党）の民兵として参加したことだろう。この経験は『カタロニア讃歌』、そして本書所収の「スペイン内戦回顧」に描かれており、たとえば臭《にお》いの描写から始まる生々しい戦争の現実やそこから導かれる考察、「水晶のような精神」を持った仲間の民兵との繋がりなどは、やはり経験に基づかなければ書けないものだ。

このスペイン内戦については馴染みのない方も多いと思うので、読者の便宜のため以下に簡単な解説を記す。一九三六年にスペイン共和国政府に対して軍部がクーデターを起こすが、軍と右派勢力による権力奪取を阻止せんと各地で左派勢力、労働者が立ち上がり、反乱軍（ナショナリスト）と共和国政府の間での内戦状態となった。この内戦は「第二次大戦の前哨戦」とも呼ばれるように、ヨーロッパの列強を巻き込んだ国際的な紛争となり、ドイツとイタリアのファシスト陣営は反乱軍を支援し、その旗頭であるフランコの政権を承認するに至り、右派勢力をまとめたフランコは「ファランヘ党」の指導者となる。こうしたファシストの介入に対して、紛争の拡大を恐れたイギリスとフランスは共和国政府側を支援するのではなく不干渉政策をとる。孤立した共和国政府を武器提供によって支援したのはスターリンのソ連であった。また、ファシズムの拡大に脅威を感じた各国の外国人義勇兵による国際旅団も結成され、共和国政府を支持して戦った。

共和国政府陣営は様々な党派の寄り合いであるために指揮系統が統一せず、また反乱軍と違って多くが民兵であり、善戦虚しく三九年にはバルセロナが陥落し、スペイン内戦はファシスト勢力側の勝利に終わる。

オーウェルは当初ジャーナリストとしてスペイン入りしたのだが、労働者階級が権力を握るバルセロナの様子を目《ま》の当たりにし、それを戦って守るべきものだと考え、すぐさま参戦を決意し義勇軍に加入する。オーウェルは国際旅団ではなく、紹介を受けたＩＬＰ（独立労働党）とのつながりからＰＯＵＭに参加することになる。ここでオーウェルは戦闘を経験し、また共和国政府陣営内部での党派的勢力争い、それによって引き起こされた市街戦にも巻き込まれる。三七年五月には前線でファシスト軍に撃たれ、銃弾が喉を貫通、頸動脈をわずか一ミリ逸《そ》れたために九死に一生を得る。ほんの一ミリの差で生き残ったことを「運がいい」と言われたオーウェルが残した「首を撃ち抜かれない方がもっと運がいいではないかと、考えないわけにはいかなかった」との感想には彼の性格がよく表れている。

　義勇兵として戦った直後に書かれたのが『カタロニア讃歌』であるのに対して「スペイン内戦回顧」はもうすこし時間をおいてからこの経験を振り返ったものであるが、オーウェルはみずからの従軍経験から出発してこの内戦を振り返る中で、当時の混乱がいかにして記録されるのか、歴史とはいかにして残されるのかということに考察をすすめている。ファシズムの到来によって、中立的事実さえ、なかったものとして否定する態度が広まった。ホロコースト否定論者に代表されるような、あったことをなかったことにする歴史修正主義は現代だけの問題ではない。むしろ書かれた歴史はすべて勝者に都合のいいナラティヴに過ぎないとも言えるが、オーウェルはそういった客観性や事実の裏付けを欠く歴史が紡がれていく様子を、スペイン内戦を通して経験として目の当たりにしたからこそ、そこに疑問を呈するに至ったのだ。

オーウェルが信じたものは「なぜ書くか？」でも明示されているように「民主社会主義」だった。革命を否定し、民主的な議会制度の上に社会主義を建設しようという思想である。ウィガンで炭鉱夫の生活に密着し、その困窮をもたらしている不平等をなくす必要性を感じたからこその、これまた経験に基づいた実感に由来する考えであった。オーウェルが目指した社会は、土地や産業を国有化し、人々の所得の差を最大でも十倍までに抑え、教育の機会をすべての若者に与える社会である。階級社会であるイギリスで上層中産階級の家庭に生まれ、しかしながらそこに留《とど》まらずに浮浪者生活を送ったり労働者階級を密接に取材する中で、オーウェルは世界の不平等を目の当たりにし、また内線下のバルセロナで政治的、社会的な平等主義に感銘を受けた結果、こうした思想に辿り着いた。

撃つことを期待して群がるビルマ人たちの圧力に抵抗できずに象を殺《あや》めて帝国主義

の欺瞞に気づく「象を撃つ」や、フランス統治下のモロッコで原地民の「目に見えなさ」や、白い人、鳥と、行進する黒人兵がすれ違う様子に「あとどれくらいこの人たちを騙し続けることができるのだろう?」と白人幻想による支配の終焉を予感する「マラケシュ」などに見られるような、帝国主義に批判的な姿勢も、その根本にはこうした不平等へと向ける鋭敏な知覚があるのだろう。

オーウェルが嫌悪したものは、ファシズム、そして実態としてファシズムと変わらぬ独裁に堕した、ソヴィエト型の共産主義であった。スペイン内戦時に参加したPOUMがスターリン服従下になく、そのためにトロツキストとしてのちに抹殺されたという事態もオーウェルの反ソ感情の源泉であろう。ナチスに対する対抗軸としてソ連を礼賛するイギリスの共産主義インテリに対してオーウェルが向ける批判は厳しい。ナショナリズムを嫌悪したオーウェルであるが、その一方で前述のように母国愛《パトリオティズム》を自然な感情として認めており、両者の違いは、前者が客観性に欠け権力欲に基づくものであるのに対し、後者は本質的に他者への強制を伴わないものだとされている。「右であれ左であれ私の国」は、いざ戦争となったら母国のために戦うだろうというオーウェルの母国愛を書いたものだが、ここにもオーウェルの思想の一端が垣間見られる。それは人は自分の周りの人々や環境を愛するものだ、という極めて現実的な真理である。理屈というよりは心情であり、共産主義者の国際主義に対する反発でもある。国家としてのイギリスやその政治体制ではなく、その土地、文化、風俗、そして人々といったものをオーウェルは愛した。政治体制が変わっても同じままであるように感じられるその場所にまつわる「何か」を愛した。「おいしい一杯の紅茶」もそういった英国の民衆文化への愛に基づいたものだ。

そうした実生活に基づいた自分の周りのものへの愛がない場所では、いくら高邁《こうまい》な思想があろうとそれは机上の空論の域を出ることはない。そういう現実感覚がオーウェルにはあった。「ガンジーについて」でのガンジーに対する批判にもこの姿勢は表れている。特定の人への友情や愛情は危険である、として友や家族をも他の人々と同じように平等に扱うべきだというガンジーの思想に、オーウェルは反発する。他の者よりも愛するからこそそれは愛なのだ、人間であることの本質とは完璧を求めないこと、愛情ゆえに罪を犯すのを厭わないことだ、と。「人間であるならば聖人たろうとすることもまた避けるべき」というオーウェルのことばは「聖人」と呼ばれたガンジーとは対極にある人間臭い姿勢であるが、ここでもまたオーウェルは、世間の評価に流されない地に足がついたモノの見方を提示してみせる。かといってガンジーを評価しないわけではないのは、このエッセイの最後の部分を読めばわかる。

こうして、経験に裏打ちされ、そして自らへも批判的な視線を向けるのを厭わなかったオーウェルの洞察は、現代を生きる我々の目をも開いてみせる。オーウェルが見通した未来は一九八四年ばかりではなかった。その思考はさらに射程を伸ばし、彼が鳴らした警鐘は、時を超えて二十一世紀の私たちの耳にも鳴り響く。

ジョージ・オーウェル年譜

一九〇三年
エリック・ブレア（オーウェルの本名）、インド、ベンガル州のモチハリにて生誕。父は英領インド阿片局に勤務する下級官吏。生後間もなく母、姉とともに帰国し母一人の手によって育てられる。定年までの七年間で父が帰国したのは一度きりであった。幼少期のエリックは神経質で内向的。フロンキーという名の架空の友だちを作りあげる。

一九一一年　八歳
私立予備校のセント・シプリアン校入学。名門のパブリック・スクールから奨学金を獲得するという宣伝効果を期待され、月謝を半額に免除される。そのことでエリックは「負い目を感じさせられた」と語っている。のちに文芸批評家・作家となるシリル・コノリーとこの学校で出会い友人となる。オーウェルはのちに「あの楽しかりし日々」というエッセイでセント・シプリアンや教師たちを大いに批判する。

一九一六年　一三歳
ウェリントン・コレッジの奨学生に選

抜される。そのあとに名門イートン校の奨学生試験を受け、一四番目の成績で補欠となる。空席待ち。

一九一七年　一四歳

ウェリントン・コレッジに九週間在籍ののち、選抜生としてイートン校入学。学業以外の時間にはジャック・ロンドン、バーナード・ショー、H・G・ウェルズなどを愛読。友人キング＝ファロウとともに二種類の文芸誌を作成。しかし勉学に励むことはやめ、成績はのちに奨学生中最下位となる。

一九一八年　一五歳

イートン校にて臨時講師のオルダス・ハクスリーにフランス語を習う。教室の規律を保てず、目が悪く、生徒たちに悪戯されるハクスリーであったが、エリックはその言葉遣いに感銘を受ける。

一九二一年　一八歳

イートン校卒業。成績不良のため大学の奨学金を獲得する見込みなし。

一九二二年　一九歳

インド帝国警察官任官試験を受け合格。犯罪発生率が高くインドの辺地として人気の低かったビルマを任地として希望する。希望通りビルマに赴任。同僚たちと違って易々とビルマ語を身につける。乗馬購入手当を使ってオートバイ購入。「象を撃つ」にあるような帝国主義支配のあやまちに気づくも、口にすることはなかったらしい。のちに

「絞首刑」が掲載される文芸誌『アデルフィ』を購読していた。

一九二七年　二四歳
休暇を申請してイギリスに一時帰国ののちビルマ警察官の職を辞する。家族の前で、ものを書いて生きていく、家族に迷惑はかけないと宣言。父親は落胆。ビルマ時代の蓄えで食いつないだのち、執筆に専念する場所を求めてロンドンへ。スラム街イースト・エンドに潜入し浮浪者や乞食と交わる。

一九二八年　二五歳
パリへ。粗末な木賃宿を借りて滞在。プロとして初の記事がフランス語に訳されて『ル・モンド』紙に掲載。英国での最初の記事がチェスタトンの雑誌『G・K・ウィークリー』に掲載。

一九二九年　二六歳
気管支炎にかかったのち喀血し入院。幼少期より肺が弱く、のちに結核に悩まされるが、オーウェルは喫煙をやめなかった。のちの『パリ・ロンドン放浪記』のパリ編に描かれた、不潔で過酷な長時間に及ぶホテル仕事を経験。

一九三〇年　二七歳
パリから帰国ののち、体育教師として働くブレンダ・サルケルドと交際。求婚し振られるも、のちのちまで友だちづきあいは続く。

一九三一年　二八歳
「絞首刑」、文芸雑誌『アデルフィ』に掲載。最初の小説『ビルマの日々』執ジョイスの『ユリシーズ』に感銘を受ける。

一九三四年　三一歳
ロンドンの「愛書家コーナー」という書店で働き始め、空いた時間を執筆に充てる生活。初の小説作品『ビルマの日々』がイギリスより先にアメリカで出版。

一九三五年　三二歳
小説『葉蘭を窓辺に飾れ』執筆。パーティでアイリーン・オショーネシーと出逢い一目ぼれ。

一九三六年　三三歳
ゴランツよりイングランド北部工業地帯の失業問題を取材する企画を受け、ウィガンへ。炭鉱夫たちの劣悪な労働

筆開始。

一九三二年　二九歳
フェイバー&フェイバー社のT・S・エリオットに送っていた『パリ・ロンドン放浪記』の原稿が正式に断られる。ホーソーンズ校で学校教師となる。仕事の傍ら執筆をつづける。

一九三三年　三〇歳
『パリ・ロンドン放浪記』、ヴィクター・ゴランツのまだ新しい出版社から出版。ペンネームのジョージ・オーウェル名義での初めての作品となる。好意的な書評が書かれ、それなりに売れるが、金の問題を解決するほどではなく、教員生活を続ける。ホーソーンズ校からフレイズ・コレッジに移る。

条件を目の当たりにする。不平等を解消する手段として社会主義に傾く。北部より戻ったあと書店には復帰せず、ハートフォードシャーの田舎家に住み、雑貨屋を営みながら執筆。『葉蘭を窓辺に飾れ』出版。売れ行き、書評ともにあまりよくない。アイリーンと結婚。「象を撃つ」、二週間で書き上げる。スペイン内戦に参加するために出発。先にパリに寄りヘンリー・ミラーと会う。

一九三七年　　三四歳

労働者階級の惨状を描いたルポルタージュ『ウィガン波止場への道』出版。レフト・ブック・クラブの月刊選書に選ばれたため四万部以上刷られ、広く読まれる。スペイン入りし、国際旅団に加わりたかったが、ILP（独立労働党）に紹介状をもらっていた関係でPOUM（マルクス主義統一労働者党）の民兵となる。四か月戦地に留まるが、前線で敵弾によって頸を撃ち抜かれ負傷。除隊しバルセロナを脱出。

一九三八年　　三五歳

スペイン内戦参戦体験を描いた『カタロニア讃歌』出版。最初の四か月で七〇〇部しか売れないという惨憺たる売れ行き。肺病の療養のため暖かい地で過ごすべくモロッコへ。滞在中も小説『空気を求めて』や「マラケシュ」執筆。

一九三九年　　三六歳

イギリスに帰国。小説『空気を求め

て』出版。第二次世界大戦勃発。

一九四〇年　三七歳
「国土防衛軍」に加入。スペイン内戦での経験を活かして部下を指導。八月、ドイツ空軍による「大空襲」。論文や書評を書きまくる。戦時下の緊急性ゆえか、下書きなしにタイプライターで直接書き出す方法に変わる。

一九四一年　三八歳
BBCの海外放送局東洋放送部インド課で働き始める。イギリス本国の声をインドに聞いてもらい関係を強化する文化帝国主義の職場であった。

一九四三年　四〇歳
放送の仕事が「結果を何ひとつ生まない仕事」で時間を無駄にしていると感じ、東洋放送部に辞表を提出。『トリビューン』の文芸担当編集者のポストを打診され受諾。原稿を拒絶されてきた作家が拒絶する側に回ったゆえに、採否の判断は甘口だったようだ。コラムニストとして同紙に「私の好きなように」連載開始。

一九四四年　四一歳
養子縁組成立。養子にリチャードと名付ける。

一九四五年　四二歳
『トリビューン』の文芸編集長を辞任。『オブザーバー』の特派員としてパリへ。ヘミングウェイと対面。ホテルの部屋をノックしたオーウェルが名前を名乗ると、ヘミングウェイはスコッチの瓶を取り出し「なぜ最初からそう言わなかったんだ。一杯やれ。ダブルにしろ。ストレートか水で割るんだ。ソーダはない」と言ったという。

妻アイリーン、子宮に腫瘍がみつかり摘出手術を受けるが、麻酔にはげしく反応し心臓発作によって死亡。三九歳。オーウェル、家政婦を雇ってリチャードの面倒を見てもらいながら猛烈な勢いで執筆。「イギリスにおける反ユダヤ主義」「ナショナリズム覚え書き」「あなたと原爆」「科学とは何か？」「復讐の味は苦い」「スポーツ精神」はすべてこの年に発表されており、他にも多くの評論を発表。

『動物農場』出版。五年間で二万五〇〇〇部、これまでのどの作品に比しても一〇倍以上の売れ行き。翌年アメリカ版が出版され四年間で五九万部売れる。

『ホライゾン』誌の編集者ソニア・ブラウネルと知り合う。

一九四六年　四三歳

猛烈なペースでの執筆続く。アイリーンの死後の一年間で一三〇以上の記事を書く。再婚を考え、二人の女性に求婚。

一九四七年　四四歳

ジュラ島へ転居。肺の状態悪化。グラスゴーの病院に入院。肺結核の診断。『一九八四年』の第一稿完成。「最高にひどい不出来」という自己評価。

一九四八年　四五歳
結核と闘いながらの執筆。新薬ストレプトマイシンの投薬始まる。『一九八四年』完成。表題案は『ヨーロッパ最後の人間』だったが、完成年の年号下二桁を入れ替えた『一九八四年』に決定。アメリカのブック・オブ・ザ・マンス・クラブが「付録　ニュースピークの諸原理」を含む作品の一部削除を申し入れてきたが断る。

一九四九年　四六歳
ジュラ島に別れを告げクラナムのサナトリウムに入院。『一九八四年』六月に刊行。英米両国でたちまち評判となる。いつ死んでもおかしくない自分の面倒を見て生きる助けをしてくれる人が欲しい、本から上がる印税がその報酬だ、とソニア・ブラウネルに結婚を申し込む。ソニアが受け、一〇月、病院のベッドで結婚式を挙げる。

一九五〇年
一月二一日、深夜に喀血、死亡。遺産はリチャードとソニアへ。ソニアはリチャードを引き取らなかった。

訳者あとがき

『一九八四年』こそ広く読まれていても、ジョージ・オーウェルは今ではかつてほど一般読者に馴染みのある作家ではなくなっているのではないだろうか。ひょっとしたら『一九八四年』の印象からSF作家だと思っている方も多いかもしれない。

かつて日本ではオーウェルが広く読まれていた時代があり、代表作とされる二つの小説作品以外にも彼の著作の多くを日本語で読むことができた。評論・エッセイの類《たぐい》でも平凡社の『オーウェル著作集』（全四巻、一九七〇～七一年）があったし、同社からはのちに川端康雄編でテーマごとに分けられた『オーウェル評論集』（全四巻、新装版二〇〇九年）も出版されている。コンパクトにまとめられたものでは岩波文庫から小野寺健編訳で『オーウェル評論集』（一九八二年）が出ている。だから本格的にオーウェルの評論に触れたい読者は、古書店や図書館に行けば先人たちが紹介してきたオーウェルの文章に触れることが可能なのだが、しかし、では今すぐ書店で手に取れるオーウェルの評論があるかというとなかなか難しい。オーウェルの評論のエッセンスを集めたコンパクトで気軽に手に取れる一冊があったらいいのではないかと思った。

本書ではオーウェルが書き残した多くの評論から、とくに現代の読者に読んでもらいたいと思うものをピックアップして一冊にまとめている。特定の作家を扱ったものや母国イギリスについてのものよりも、より普遍性のあるテーマを扱っているものを優先した。入れるべきものが他にもあるだろうというご意見もあるとは思うが、まずは入り口として本書でオーウェルに触れてもらい、興味の湧いた方には前掲の各書に当たってもらえばよいだろう。

また、解説でも書いたが、オーウェルのことばが現在の急変する世界について考えるのに非常に重要だという思いもあった。歴史におけるファクトとフェイクの問題、国家と個人の問題、ナショナリズムの問題、こういったオーウェルが取り上げたテーマは二十一世紀を生きる我々に多くの考えるヒントを与えてくれる。日本の読者にとって簡単に手の届く場所にそれを置いておきたいと思った。

偉大な先人たちの名訳が豊富にある中で新たな評論集を出すという蛮勇を振るった

のは、かかる思いがあったからである。前掲の各翻訳は大いに参考にさせていただいたし、他にもオーウェル作品の翻訳、伝記など、これまでオーウェルを真摯に読んでこられた方々の蓄積のおかげで本書は形になった。記して感謝を示したい。もちろん、誤訳や理解の間違いがある場合は、すべて責めを負うべきは訳者である。

底本としては Peter Davison ed. *The Complete Works of George Orwell* (Secker & Warburg) を使用したが、場合に応じてペンギン版 *Essays* も参照した。

編集の今野哲男さんに声をかけていただかなければオーウェルの評論の豊かさ、現代性に気づくこともなかったし、翻訳に取り掛かることもなかった。オーウェルに関して門外漢である訳者にこのような機会を与えてくださった氏に感謝したい。ありがとうございます。スペイン人名の表記に関しては金子奈美さんに助けていただいた。記して感謝の意を表したい。甲南大学文学部英語英米文学科の同僚諸氏、学生のみなさん、A氏にも感謝。

時代や社会に流されることなく本当のことを主張し続けたオーウェルのことばが、それを必要としている人たちに届いて、モノの見方を変えたりなんらかのヒントになれば、そしてその結果世界が少しでも真っ当になり、豊かになれば、これに勝《まさ》る喜びはありません。一人でも多くの読者に届きますように。

秋元孝文

kobunsha classics
光文社古典新訳文庫

あなたと原爆《げんばく》　オーウェル評論集《ひょうろんしゅう》

著者　ジョージ・オーウェル
訳者　秋元孝文《あきもとたかふみ》

2019年8月20日　初版第1刷発行
2024年10月20日　第4刷発行

発行者　三宅貴久
印刷　大日本印刷
製本　大日本印刷

発行所　株式会社光文社
〒112-8011東京都文京区音羽1-16-6
電話　03（5395）8162（編集部）
03（5395）8116（書籍販売部）
03（5395）8125（制作部）
www.kobunsha.com

落丁本・乱丁本は制作部へご連絡くだされば、お取り替えいたします。
ISBN978-4-334-75408-2 Printed in Japan

いま、息をしている言葉で、もういちど古典を

長い年月をかけて世界中で読み継がれてきたのが古典です。奥の深い味わいある作品ばかりがそろっており、この「古典の森」に分け入ることは人生のもっとも大きな喜びであることに異論のある人はいないはずです。しかしながら、こんなに豊饒で魅力に満ちた古典を、なぜわたしたちはこれほどまで疎んじてきたのでしょうか。

ひとつには古臭い教養主義からの逃走だったのかもしれません。真面目に文学や思想を論じることは、ある種の権威化であるという思いから、その呪縛から逃れるために、教養そのものを否定しすぎてしまったのではないでしょうか。

いま、時代は大きな転換期を迎えています。まれに見るスピードで歴史が動いていくのを多くの人々が実感していると思います。

こんな時わたしたちを支え、導いてくれるものが古典なのです。「いま、息をしている言葉で」——光文社の古典新訳文庫は、さまよえる現代人の心の奥底まで届くような言葉で、古典を現代に蘇らせることを意図して創刊されました。気取らず、自由に、心の赴くままに、気軽に手に取って楽しめる古典作品を、新訳という光のもとに読者に届けていくこと。それがこの文庫の使命だとわたしたちは考えています。

このシリーズについてのご意見、ご感想、ご要望をハガキ、手紙、メール等で翻訳編集部までお寄せください。今後の企画の参考にさせていただきます。
メール　info@kotensinyaku.jp